KB035261

문학과지성 시인선 499

오늘은
잘 모르겠어

심보선 시집

문학과지성사

문학과지성사에서 펴낸 심보선의 시집

슬픔이 없는 십오 초(2008)
눈앞에 없는 사람(2011)

문학과지성 시인선 499
오늘은 잘 모르겠어

초판 1쇄 발행 2017년 7월 10일
초판 12쇄 발행 2024년 11월 22일

지 은 이 심보선
펴 낸 이 이광호
펴 낸 곳 ㈜문학과지성사

등록번호 제1993-000098호
주   소 04034 서울 마포구 잔다리로7길 18(서교동 377-20)
전   화 02)338-7224
팩   스 02)323-4180(편집) 02)338-7221(영업)
전자우편 moonji@moonji.com
홈페이지 www.moonji.com

ISBN 978-89-320-3026-5 03810

문학과지성 시인선 499

오늘은 잘 모르겠어

심보선

시인의 말

잊지 않으리
어젯밤 창밖의 기침 소리

2017년 여름
심보선

오늘은 잘 모르겠어

차례

시인의 말

I

II

I

소리

들어라
배 속의 아기에게 시를 읽어주는 어머니여

들어라
죽은 개를 야산에 묻고 묵념을 올리는 아버지여

들어라
어머니와 아버지가 사랑한 것을 모두 증오했기에
자신까지 혐오하게 된 장자여

들어라
실패한 자여
떠돌 만한 광야가 없어 제자리에서 맴도는 개 같
은 인생이여

들어라
늙은 어부여
고래의 내장 속에 어떤 어둠이 있었는지 잘 아는

이여

　들어라
　거울 앞에서 얼굴의 얼룩을 노려보는 처녀여
　언덕에 울려 퍼지는 변성기의 목소리를 사랑했던
이여

　들어라
　한 개의 뼈만 남은 거대한 무덤이여
　그 아래 흐르는 고요한 물줄기여
　그 아래 쌓인 수만 개의 뼈여

　들어라
　세상의 모든 뼈를 이어 붙여도 모자란 키 큰 허공
이여
　그 위에 부는 세찬 바람이여
　그 위에 얹힌 무한의 허공이여

들어라
인적이 드문 밤거리여
쨍그랑 병 하나가 깨지면 순식간에
모든 집의 불빛이 꺼지는 첨단의 도시여

당나귀

당나귀는 태아 때부터 등에 굳은살이 박여 있다

당나귀는 벤자민*처럼 태어날 때부터 늙은 당나귀다

당나귀는 벤자민과 달리 계속 늙기만 한다

당나귀는 자기보다 젊은 늙은 말을 연민한다

당나귀는 자기보다 젊은 늙은 사람을 신뢰한다

당나귀는 술 취한 신을 숭배한다 그래도 신성하니까

당나귀는 술 취한 사람을 혐오한다 그리도 진상이니까

당나귀는 주인이 매일 다른 이름——실베스터, 모

데스틴, 플라테로 등등**——으로 불러도 상관 않는다

　당나귀는 잇몸을 드러내고 울 때 자신의 진짜 이름을 바람에게 알려준다

　당나귀는 잠잘 때 모기의 앵앵거림을 털과 꿈이 엉키는 소리라고 생각한다

　당나귀는 등에 짐을 올리면 곧바로 종착지를 안다

　당나귀는 짐을 내리면 잠깐의 자유 속에 깃든 부드러운 슬픔을 즐긴다

　당나귀는 인생에 단 한 번 종착지도 모른 채 짐 없이 먼 길을 떠난다

　당나귀는 떠나기 전 난생처음 해보는 발길질로 들판을 달리며 환희의 춤을 춘다

당나귀는 돌아오지 않고 주인은 가끔 마구간을 손
본다

* 스콧 피츠제럴드의 『벤자민 버튼의 시간은 거꾸로 간다』의 주인
공이다.
** '실베스터' '모데스틴' '플라테로'는 각각 윌리엄 스타이그의
『당나귀 실베스터와 요술 조약돌』, 로버트 루이스 스티븐슨의 『당
나귀와 함께 한 세벤느 여행』, 후안 라몬 히메네스의 『플라테로와
나』에 등장하는 당나귀의 이름이다.

극장의 추억

1
이곳에서 시간은 수직으로 떨어졌다
인간들의 가슴팍을 향해 정확히
마치 섬광처럼

신은 죽었다가 저격수로 부활했다
신의 화살통엔 시간이 남아돌았다

이곳에서 인간은 자기만 아는 동굴에 숨어
홀로 몸부림치는 짐승이었다

도대체 이곳에서 어떤 끔찍한 일이 있었던 것인가

2
신의 충복들
지팡이로 땅을 긁어 예언을 읊던 눈먼 선지자
수천수만 페이지에 말씀을 옮겨 적던 늙은 필경사
그들은 인간을 탓했다

인간이여, 너희들은 보지 말아야 할 것을 보았다
이마 아래 선명한 두 개의 불순물
눈동자라 불리는 작고 동그란 요물단지로

너희들은 너무 먼 곳의 빛과 어둠을 보았고
그것들을 전부 이곳에 데려왔다 그리하여
이 고귀한 땅은 미래라는 원숭이들의 난장판으로
전락했다

늑대들은 더 많은 산맥을 넘었고
돼지들은 더 많은 모멸을 겪었고
노새들은 더 많은 인내를 배웠건만

인간이여, 왜 너희는 기어이 눈 부릅뜨고
천지간에 수많은 묘혈을 파 거기 뱀들을 풀었는가
왜 뱀들에게 되지도 않는 원숭이 사냥을 시켰는가
왜 뱀들이 새벽마다 성스러운 언덕을 기어 다니게

내버려뒀는가

  그 모든 악덕이 먹눈보다도 못한 너희의 잘난 천
리안 탓이다
  그것이 너희가 몸부림의 저주에 걸린 이유이다

  인간이여, 너희가 감히 미래를 논하다니 시간이란
  영원의 늪에 빠져 서서히 맴돌며 가라앉는 수레바
퀴에 불과하거늘
  주변을 돌아봐라 무엇이 흐르고 무엇이 변하는가
  모든 것들이 제자리에 평화로이 깃들고 간혹
  익숙한 자연의 배치 사이를 고요히 거닐 뿐이다

  인간이여, 몸부림치고 또 몸부림칠지어다
  늙음은 시간과 주름의 비례로 측정되지 않을 것
이다
  그것은 별안간 거울에서 나타나 너희를 경악케 할
것이다

죽음은 너희의 추악한 얼굴을 들이밀고는
가차 없이 거울을 깨뜨릴 것이다
거울 조각을 주우려 허리를 굽힐 때 너희는 쓰
러져
격한 몸부림을 끝으로 다시는 일어나지 못할 것
이다
그리고 어떤 영상도 눈앞에 어른거리지 않는 영원
한 잠에 빠질 것이다

3
어느 날 한 나그네가 이곳에 나타났다
그는 여느 미친 인간과 달라 보이지 않았다

그는 칡덩굴이 휘감은 바위에 앉아
옛날이야기를 하기 시작했다

오래전 이곳엔 극장이라 불리는 건물이 있었지요
그 안에서는 가면 쓴 광대가 술 취한 신의 흉내를

내었지요

광대는 나무 당나귀 위에 걸터앉아 관객에게 노래를 불렀지요

여기 누가 있나요
눈으로 꽃을 씹어 먹는 신이 있나요
배고파 눈이 맑은 여인이 있나요

있지요, 있고말고요
신은 나고 여인은 그대이나니

여인이여, 나는 천지간에 가장 남루한 신이랍니다
내겐 당신의 엉킨 머리칼을 풀어줄 부드러운 손이 없어요
내 손은 녹슨 갈고리처럼 여위고 굽었어요
하지만 당신의 어깨를 톡톡 두드릴 순 있어요
내 몸은 성전(聖殿)이 아니어서 더럽고 서럽지만
내가 톡톡 두드리면 뒤돌아 나를 봐줘요

그러면 나는 가면을 쓰고 만신의 춤을 출게요
그러면 나는 가면을 벗고 만인의 노래를 부를게요

연극이 끝난 후 이런 일도 있었지요

한 소년이 극장 바깥에서 여배우를 기다렸지요

소년은 즉석에서 청혼했지만 바로 거절당했지요

소년은 그 자리에서 능소화로 담근 술을 마시고
기절했지요

여자들은 키득거리고 남자들은 발길질했지요

소년은 일어나 훌쩍훌쩍 뒤뚱뒤뚱 집으로 돌아갔
지요

그날 밤 소년의 어머니는 시가 적힌 종이에 차를
우려

소년의 독기와 객기를 모두 풀어줬지요

다음 날 이 모든 일은 또 다른 노래가 되어

배추밭과 전나무 숲에 흥겹게 울려 퍼졌지요

하지만 만사가 순조로운 것은 아니었지요

신 중의 신은 극장을 증오했지요

신 중의 신은 극장에서 환호작약하는 인간들을 견딜 수 없었지요

신 중의 신은 성전에서 자신을 경배하는 전통에 위협을 느꼈지요

신 중의 신은 묘안을 생각해냈지요

바로 지진을 창조한 것이지요

지진이 나자 사람들은 공포에 질려 몸부림을 쳤지요

땅이 도자기처럼 금이 가다니

이를 어쩌나 이를 어쩌나

신께서 실수로 세상을 천궁의 계단에서 떨어뜨리셨나 봐

극장이 무너지고 땅이 꺼지는 굉음 속에서

신의 장중한 목소리가 용암처럼 터져 나왔지요

*너희가 나를 보고 웃지 않는다면 나를 보고 울게
하리라*

이야기를 마친 나그네는 칡덩굴이 휘감은 바위에
서 일어나 가던 길을 갔다
청중도 뿔뿔이 흩어졌다 청중은
그가 던져준 빵 부스러기를 먹기 위해 모여든 들
쥐가 전부였다
이곳에 인간은 더 이상 살지 않았다

4
어느 날 이곳에 관광객들을 이끌고 가이드가 나타
났다
그는 무리를 향해 말했다

이곳은 유달리 무릎 자국 화석이 많이 발견되는
곳이지요
원래 이곳은 사람들이 모여 신에게 무릎을 꿇고

기도를 올리는
　성전이 있던 자리로 추정됐었지요

　그런데 몇 해 전 한 편의 시가 새겨진 석판이 모래
속에서 발견됐지요

　극장이 아닌 곳에서
　오오, 하는 자여
　오오, 하고 주저앉는 자여

　여름꽃의 독에 탐닉하여
　일생의 복을 탕진한 자여

　극장 없는 세상이라니
　아무 신비도 없어
　아무 신비도 없어

　이건 비관적인 생각이 아니라

그보다 더한 것
마지막으로 몰아쉬는 숨소리 같은 것

무리 뒤의 배경에선 노을과 대지가 몸부림치며
서로의 너비를 경쟁하듯 좌우로 펼치고 있었다
가이드는 말을 이었다

이곳에는 한때 극장이 있었지요
사람들은 행복했지요
사람들은 언덕 너머에 사는 원숭이 떼 같은
미래 따위는 개의치 않았지요
극장은 생로병사와 희로애락이 천변만화하는 동
시에 적재적소에 정돈되는
신비로운 곳이었지요
아, 죄송합니다 제가 주제넘게 사자성어를 남발했
네요

안타까운 것은

이곳에 극장의 흔적이 한 줌도 남아 있지 않다는
사실이지요

도대체 이곳에서 어떤 끔찍한 일이 있었던 걸까요

돌과 어울리는 사람

돌과 함께라면 그는 침착하다
결단코 절규하지 않는 사제처럼
돌 옆에서 무척 고결하다
친구들이 파티에 오고 술병을 따고
각자의 행방을 묻지 않고
실은 다들 사막에서 돌아왔는데
열흘 전부터 모래를 털며 오늘을 준비했는데
그는 돌과 함께 왔다 여느 때처럼
돌에게 훈제 고기를 먹여주며
너는 매 순간 아름다워지는구나 중얼거린다
그는 석학(石學)을 독학했고
오늘도 친구들에게 강론한다
거울에 돌을 던지면
거울도 돌도 아닌 바로 네 얼굴이 깨진단다
돌은 밤에 남몰래 수백 페이지로 펼쳐진단다
돌이 마침내 조각조각 부서지면 후생에는
각기 다른 품계의 천사들로 태어난단다
그는 돌과 함께 떠난다 여느 때처럼

친구들도 사막으로 다시 떠나고
그는 집으로 돌아와 소파에 앉은 돌이
인간이 모르는 표정으로 잠들고
인간이 모르는 소리로 이를 가는 것을 지켜본다
그는 돌 때문에 돌아버렸지만
세상 누구보다도 돌과 어울리는 사람이다
돌도 인간도 모두 잠든 밤
그는 창밖에 드넓은 사막을 바라본다
무수한 모래알들이 바야흐로 한데 뭉쳐
장대하고 아름다운 바위가 되는 것을 상상할 때
그는 고결한 사제처럼
돌 하나의 지극한 침묵 속으로
서서히 빠져드는 것이다

오늘은 잘 모르겠어

당신의 눈동자
내가 오래 바라보면 한 쌍의 신(神)이 됐었지

당신의 무릎
내가 그 아래 누우면 두 마리 새가 됐었지

지지난밤에는 사랑을 나눴고
지난밤에는 눈물을 흘렸던 것으로 볼 때
어제까지 나는 인간이 확실했었으나

오늘은 잘 모르겠어

눈꺼풀은 지그시 닫히고
무릎은 가만히 펴졌지

거기까지는 알겠으나

새는 다시 날아오나

신은 언제 죽나

그나저나 당신은⋯⋯

축복은 무엇일까

나는 아이가 없다
나는 아이가 없다
아이가 있다는 것은 어떤 것일까
내 앞으로 뛰어가는 아이를, 얘야, 하고 불러
멈춰 세운다는 것은, 그때 저 앞에 정지한 그림자가
내게서 떨어져 나온 작은 얼룩임을 알아챈다는
것은
아이의 머리칼에 붙은 마른 나뭇잎을 떼어준다는
것은
그것을 아이에게 보여주며
이거 봐라, 너를 좋아하는 나뭇잎이다
라고 말하며 웃는다는 것은
내가 죽어도 나를 닮은 한 사람이 죽지 않는다는
것은
먼 훗날 내 죽음을 건너뛰고 나아갈 튼튼한 다
리가
지금 내가 부르면 순순히 멈춰 선다는 것은 어떤
것일까

나는 아이가 없다
아이 대신에 내겐 무엇이 있나
그렇다
내겐 시가 있다
내겐 시가 있다
시를 쓰며 나는 필사적으로 죽음을 건너뛰어왔다
나는 죽지 않기 위해 시를 썼다
군대 있을 때
아버지 장례식장에서
바로 어저께 회의에서
내가 울지 않고 죽지 않는다는 증거들
그들의 눈높이 아래서 몸부림치는 별빛들
한 편의 시가 별자리가 되려면
수천수만 명의 시인이 죽어야 한다는 것을
그들은 모른다
나는 자위를 끝내고 난 다음에 반드시 시를 썼다
그것은 마치 부활하는 느낌이었다

나는 아이가 없다

아이 대신에 내겐 또 무엇이 있나

그렇다

당신이 있다

당신이 있다

나는 당신의 머리칼에서 마른 나뭇잎을 떼어준 적
이 있었다

당신에게 새 이름을 지어준 적도 있었다

지금은 그 이름을 잊었지만

아이가 있었다면 아이에게 해줄 것들을

나는 당신에게 해주었다

나는 당신이 눈앞에 없을 때

허공에서 당신의 얼굴을 골라냈다

그것은 너무 쉬웠다

나는 당신 없는 허공을 당신으로 채워 넣는

청동 시계를 눈동자 안에 지니고 있었다

나는 죽지 않기 위해
죽지 않기 위해 당신과 사랑을 했다
당신은 아직도 내 나이를 모른다
내가 얼마나 죽음에 가까운지 모른다
당신은 순진하고 서투른 열 손가락을 가졌다
당신은 내 나이를 셀 수 없다
당신은 내 나이가 아니라 죽음을 모르는 것이다
당신은 모른다

축복은 무엇일까
아이가 나를 부를 때 생기는 귓속의 부드러운 압
력일까
내 주위에 언제나 나를 좋아하는 바람이 분다는
것일까
나는 아이가 없다
아이는 축복일까
아니 그것은 그저 하나의 사실이다
나는 모른다

내가 어찌 알 수 있겠는가
나는 그 사실을 소유한 적이 없다

나는 안다
시를 쓰지 않는 많은 사람들이
사랑하지 않는 많은 사람들이
내 대신 죽어간다는 사실을
그들은 내 대신 죽어간다는 사실도 모른 채
죽어간다, 내가 태어나지 않은 내 아이를 대신해
살아가는 것을 모르는 것처럼
나의 연인이 누군가의 행복을 대신해
슬퍼하는 것을 모르는 것처럼
나의 시가 누군가의 슬픔을
대신해 사라지는 것을 모르는 것처럼

축복은 무엇일까
당신이 나를 부를 때 생기는 귓속의 부드러운 압
력일까

내 주위에 언제나 나를 좋아하는 바람이 분다는
것일까
당신은 나의 축복일까
내가 어찌 알 수 있겠는가
나는 모른다
나는 모른다
나는 당신을 소유한 적이 없다

독서의 시간

책을 읽을 시간이야
너는 말했다 그리고 입을 다물었다
네가 조용히 책을 읽는 동안

나는 생각한다
이상해 정말 이상해
나는 이혼은 했는데 결혼한 기억이 없어
이혼보다 결혼이 훨씬 더 좋았을 텐데

그 책에는 이별 이야기가 있을까
어쩌면 네가 지금 막 귀퉁이를 접고 있는 페이지에

나는 생각한다
온갖 종류의 이별에 대해
모든 이별은 결국 같은 종류의 죽음이라는 사실에
대해

우리는 키스할 때

서로의 혀를 접으려고 애쓴다

무언가
그 무언가를 표시하기 위해
영원히

키스하고 싶다
이별하고 싶은 것과 무관하게

나는 천성 바깥에서 너와 함께 일생을 헤맬 것이다

돌아가고 싶다
떠나가고 싶은 것과 무관하게

어디론가
그 어디론가

아침의 안이

자니 캐시가 흘러나오는 오를레앙의 카페에서
나는 한없이 안이해진다

커피를 몇 모금 마셨는데 첫 모금이 어제 일 같다

오늘 아침 빵 굽는 노인이 내게 말했다
생각은 멀어질수록 단맛으로 변하고
빵은 멀어질수록 쓴맛으로 변한다
그는 오로지 빵의 관점에서 하루를 시작한다

아침, 그것을 나는 아주 선량한 사람으로 여겨왔다
아침은 특히 밤에 서글서글한 미소를 띤 채
꿈의 뻣뻣한 뒷목을 쓰다듬으며 속삭였다
너는 적어도 오늘 밤은 죽지 않을 거야

습관적이고 연속적인 순간들
쉽사리 떠오르는 과거들
사랑과 무관한 상실들

그런 것들을 떠벌리며
개자식들이 담배를 나눠 피울 때
어쩌면 인생 전부가 여기서 간단히 끝난다

자니 캐시, 내가 명명한 오늘 아침의 이름
그는 안이하게 죽지 않았으리
아침은 그의 죽은 이마 위에서 뜨거운 빵이 되었
으리

나는 카페 주인장에게 한국어로 말하고
그는 나에게 프랑스어로 말한다

이 노래 자니 캐시야?
위위, 자뉘 까쉬

우리는 낄낄낄 웃는다
우리는 어떤 것에 대해 말하지만
말하지 않는 것이 훨씬 더 많다

그러니까 웃을 수 있다
처음 만난 두 명의 소년처럼

아침, 그 남자를, 그 여자를 잃어버렸다
하심! 사샤! 시몬! 로자!
나는 이제 모르는 이들의 이름을 외치며 잠에서
깼다

죽고 싶었던 순간들만 모아 다시 살고 싶다

커피값을 지불하고
무조건 강기슭으로 향한다

카르마

언제부턴가 귀가 잘 안 들린다

그녀는 내가 말귀를 못 알아먹는다고
힐난할 때가 많았다

수은 중독을 수음 중독으로 듣고
"야하다" 했다가 헤어질 뻔했다

헤어질 뻔한 적이 많으면 결국 헤어진다
둘만의 카르마라는 게 있다

카르마를 가리마로 듣고
"나는 왼쪽이야" 했더니
깔깔 웃으며 그녀가 나를 안았다

"나의 카르마여, 나의 왼쪽에 누우렴"

여행 중 길을 잃었을 때

우리를 기차역까지 태워준 쌍둥이 형제
형인지 동생인지 이름이 미구엘이었다

미구엘은 카르마를 믿는다고 했다
이름은 천사인데

우리에게 침을 뱉고 안경을 훔쳐 간 집시도
이름이 천사일 수 있었는데

라파엘, 돈을 줄 테니 부디 우리에게 은총을

우리가 헤어질 뻔해도 끝내 헤어지지 않고
결혼할 수 있도록

성당 앞 언덕 아래
촛불 든 광신도들처럼 펼쳐진 야경은
안경 없이도 얼마나 선명했던가

42

그때 나는 생각했다
우리는 너무 다른 역경들을 통과해
너무 늦게 만났다

야경이건 안경이건 역경이건
무심한 내 귀는 이제 상관하지 않는다

내가 그녀에게 욕한 건 단 한 번
그녀가 나에게 욕한 것도 단 한 번
한심한 내 귀는 아직도 잊지 않는다

저주보다 축복이 훨씬 많았건만
둘만의 카르마라는 게 있다

지금 내 왼쪽엔 아무도 없다
그녀가 죽었다고 상상한다
그녀가 살아 있다고 믿는다

예술가들

우리는 같은 직업을 가졌지만
모든 것을 똑같이 견디진 않아요.
방구석에 번지는 고요의 넓이.
쪽창으로 들어온 볕의 길이.
각자 알아서 회복하는 병가의 나날들.

우리에게 세습된 건 재산이 아니라
오로지 빛과 어둠뿐이에요.
둘의 비례가 우리의 재능이자 개성이고요.

우리에게도 공통점이 있죠.
죽고 싶은 순간들이 셀 수 없이 많다는 것.
우리 중 누군가는 분명 요절할 테지만
정작 죽음이 우리를 선택할 땐
그런 순간들은 이미 지나친 다음이죠.

버스 노선에 없는 정류장에 내려서
주변을 둘러볼 때의 어리둥절함.

그게 우리가 죽는 방식이라니까요.
보험도 보상도 없이 말이에요.

사랑? 그래, 사랑이요.

우리는 되도록 아니 절대적으로
사랑에 빠지지 말아야 해요.
검은 수사학, 재기 어린 저주, 기괴한 점괘.
우리가 배운 직업적 기술이 사랑에 적용된다면……
상상만 해도 소름 끼치지 않나요?

옛날 옛적 어느 선배가 충고했죠.
그대들이 만에 하나 사랑에 빠진다면
동백꽃이 지는 계절에 그러하길.
그것은 충분히 무겁고 긴 시간이라네.

간혹 우리 중 누군가 사랑에 빠졌다는 소문이 들
려요.

그러곤 아주 끔찍한 일이 생겼다는 뒷이야기도요.
우리의 사랑은 사내연애 따위에 비할 수 없어요.
버스 종점에 쭈그리고 앉아 영원히 흐느끼는 이.
이별을 하면 돌아갈 집이 하루아침에 사라지는 이.
그 사람이 버림받은 우리의 처량한 동료랍니다.

노동? 그래, 노동이요.

마지막 파업 때 끝까지 싸운 이는
노조 간부가 아니라 연극반원이었다네요.
그가 경찰에게 몽둥이로 얻어터질 때
세 명의 피 흘리는 인간이 나타났다네요.
그중에 겨우 살아남은 이는 조합원이고 죽은 이는
햄릿이고
가장 멀쩡한 이는 "사느냐 죽느냐, 그것이 문제로
다"조차
못 외우는 초짜 배우였다네요.

남들이 기운차게 H빔을 들어 올릴 땐
저만치서 뒷짐을 지고 콧노래나 흥얼거리지만
우리는 사실 타고난 손재주꾼이랍니다.
공장 곳곳에 버려진 쇳조각과 페인트로
불발의 꽃봉오리, 반(反)기념비적인 바리케이드,
죽은 동지들의 잿빛 초상화를 담당하는 건 언제나
우리 몫이죠.

우리는 큰 것과 작은 것 사이
이를테면 시대와 작업대 사이
그 중간 어딘가에서 길을 잇고 길을 잃어요.
고통에서 벗어나는 건 고통의 양을 줄이는 것이
아니에요.
그건 뭔가 다른 세상을 꿈꾸는 거라고요.
우리는 벤담의 공장*에서 자발적으로 해고됐다
고요.

우리는 이력서에

특기는 돌발적 충동

경력은 끝없는 욕망

성격은 불안장애라고 쓰고

그것을 면접관 앞에서 깃발처럼 흔들어요.

그리고 제 발로 문을 박차고 걸어 나오는 거예요.

의기양양하게 그리고 지독히 외롭게.

우리의 직업 정신은 뭐랄까.

살고 싶다고 할까. 죽고 싶다고 할까.

아니면 조금 유식하게 해방이라고 할까.

네, 압니다. 알고말고요.

우리가 불면에 시달리며 쓴

일기와 유서는 지나치게 극적이라는 것을.

생존? 그래, 생존이요.

언제부턴가 우리의 직업은 소멸하고 있어요.

죽은 노동이 산 노동을 대체하는 동안

얼마나 많은 동료들이 쥐도 새도 모르게 사라졌는지.

모든 공문서에서 우리의 이름 위엔 붉은 X자가 쳐져요.

기억? 그래, 기억이요.

나는 우리에게 벌어진 일을 잊지 않기 위해 이 글을 쓰고 있어요.

* 제러미 벤담은 행복이 고통에서 벗어난 상태이며, 최대 다수의 최대 행복이 실현된 사회가 이상적 사회라는 공리주의 원칙에 따라 공장과 감옥을 설계했다. 그는 그것을 파놉티콘이라 불렀다.

이별 씬

우리는 오랫동안 말없이 서 있었어
머리 위에선 태양이 작열하고 있었어

겨울밤 네 집을 나설 때
내 손바닥에 닿았던 철문의 냉기가
갑자기 온몸을 감쌌지

그 뜨거운 여름날에
우리는 길 한복판에 얼어 있었어

신은 우리를 따로따로 발견했지
2월과 8월에
다른 배 속의 암흑과 소용돌이에서
우리는 우리의 의지를 거슬러 천천히 하나가 되
었지

사랑은 두 존재를 하나라 믿는 신의 착란이라고
사람을 떠나는 것은 사람의 첫번째 자유라고

나는 말하지 않았어

지나는 행인들은 우리를 호기심 어린 눈으로 쳐다
봤지

하지만 무슨 상관이야
우리는 다만 말 없는 두 사람이었으니까

그들이 잠자리에 들 때
'나는 오늘 거리에서 말없이 마주 선 남녀를 보았
어.'
라고 문득 생각한다면 그건
우리가 타인의 꿈의 입구에서 재회했다는 뜻일
까?

그런 바보 같은 생각을 할 때
너는 입을 열었어

오늘 밤 샤워할 때 나는 울겠죠
샤워할 때 우는 것의 좋은 점은……

너는 엉터리 비극 배우처럼 말했어
나는 그게 무척 싫었어

그때 어디 멀리서 기차의 경적 소리가 울렸지
나는 생각했어
아니야, 이건 착란이야
경적을 울리는 기차 따위가 이 도시에 어디 있겠어

아니야, 그 말의 뒤편에서
자부심도 역사도 없는 햇빛이 산산이 부서졌지
햇빛 외의 모든 것들도 산산이 부서졌지

하지만 무슨 상관이야
우리는 다만 말 없는 두 사람이었으니까

그래, 샤워할 땐 온갖 소리가 들리지
가까운 절규부터 머나먼 경적까지
우리는 다른 소리들을
흐르는 물속에서
각자의 배 속의 소용돌이와 암흑에서
발견하지 그리고
그것이 하나의 소리라고 믿는 거지

나는 잘 알고 있지

그때 우리는 헤어지는 것에 그토록 집중했기에
헤어지는 데 실패했던 거지

그때 우리는 너무나 무서웠던 거지

실어증

나이가 들수록 어휘력이 줄어든다

언어학에서 말하는 인접적 자의성의 규칙에 따라
평소 잘 쓰지 않는 단어들을 훈련 삼아 적어보았다

배짱, 베짱이
사슬, 사슴
측백나무, 측면
언니, 어금니
홈, 흠
마음껏, 힘껏
벨라, 지오

윤동주는 "하늘과 바람과 별과 시"를 생각할 때 다
른 단어들도 숙고했을 것이다

달, 해, 안개, 숲, 구름…… 같은 것들

버려진 단어들을 생각하며 고개를 숙이는 사람이
있다

시인이 아니라도 그런 사람이 있다

TV에 나오는 낱말 맞히기 게임에서 하나도 맞히
지 못했다

철없던 시절엔 실어증에 걸리고 싶을 때가 있었
는데

오늘에서야 소원이 이루어졌다

약을 먹는데 옆집 문 여는 소리가 들린다

살려달라고 외치고 싶어도 말이 안 나온다

Ⅱ

축제

침과 재가 뒤섞인
희뿌연 새벽을 건너

아침이 왔다

간병인은 커튼을 열어
환한 볕을 병실로 들인다

그는 생각한다

가엾은 노인네

결국 노망이 나셨네

말년의 양식*

전처의 지도교수가 나의 발표를 보러 왔다.
은퇴한 지 수년이 지난 그가 노구를 이끌고 왔다.
15년 전 우리는 두 부부의 두 남편으로 만났었다.

나의 발표가 끝나자 그는
젊은 청중들 가운데서 쨍쨍한 목소리로 말한다.
"자네와 난 오랜 인연이 있지.
그 이야기는 기니까 생략하고.
자네의 발표는 헛말이 없어서 괜찮았어."

뒤풀이 자리에서 그는 내게 술을 권한다.
술잔이 쨍 하고 부딪치자 허공에서
우리의 머리를 짓누르던
모순율의 대리석에 쩍 하고 금이 간다.
"자네는 여전히 착해 보여."
"그렇게 보이는 건 제가 지금 조금 슬퍼서입니다."
라고 나는 말하지 않는다.

"내 마누라는 2년 전에 죽었어.

보다시피 나는 아직 살아 있고."

모순율의 대리석에서 첫 조각이 툭 떨어져 나온다.

나는 그것을 몰래 주머니에 넣고는 손으로 만지작

거린다.

A는 A가 아니로다.

A는 A가 아니로다.

나는 염불하듯 속으로 되뇐다.

그 앞에서 내 침묵은 수많은 비밀들을 숨겨야 한다.

불에 탄 불상(佛像)의 입술이

지그시 물고 있는 그을린 불성(佛性)처럼

그 비밀들은 성과 속을 변증법적으로 종합한다.

아니 그냥 뒤죽박죽 섞어버린다.

말도 안 되는 말씀. 그토록 죄 많은 내가 착해 보

인다니.

나는 동네 입구의 전당포에 결혼반지를 저당 잡혀

싸구려 양복 하나를 걸쳐 입고 돌아온 탕아일 뿐인데.

그는 알 리가 없다.

나의 다른 쪽 주머니 속에 항우울제가 한 움큼 들어 있다는 사실을.

그는 내게 긴 이야기를 들려준다.

자신이 어떻게 제자들을 키웠는지.

자신이 어떻게 나무를 심게 됐는지.

그러다 간혹 나의 전처가 등장한다.

이름은 빼고 성 뒤에 양을 붙여서.

하나, 둘, 셋, 넷, 다섯……

그가 하나의 말을 마치고

다른 말을 시작하기 전의 짧은 침묵의 수들.

그때마다 머리 위의 허공에서 대리석 조각들이 우수수 떨어진다.

나는 조련된 원숭이처럼 그것들을 잽싸게 받아 주

머니 안에 감추기 바쁘다.

그가 이야기를 할 때
그의 손등에 번진 검버섯과
그의 이빨에 덧댄 금속을 바라보면서
"저는 당신의 애제자를 떠난 남자입니다.
왜 저에게 이 모든 말씀을 늘어놓으십니까?"
라고 나는 묻지 않는다.

"난 말야. 평소에는 말이 없어. 오늘만 그런 거야.
자네를 봐서. 반가워서."

말을 마치고 그는 눈을 감는다.
그리고 다시 눈을 뜬다.
그는 이제 아무것도 볼 수 없다.
오로지 암흑뿐이다.
밤도 아니다.
눈이 먼 것도 아니다.

그는 다만 돌아온 것이다.

연구실로, 강의실로, 모교의 정원으로,
단골 술집으로, 고향의 들녘으로,
단지 그곳에 어떤 이도 어떤 것도 없을 뿐.

옛 제자도, 옛 제자의 전남편도, 자기 부인도,
강의 노트도, 단풍잎도, 외상 전표도, 억새풀도,
모두 희미한 그림자로 떠다닐 뿐.

플라톤의 동굴, 장자의 연못, 니체의 심연, 베토벤
의 B플랫……
나는 암흑과 아름다움의 관계에 대해 그에게 묻지
않는다.

A는 A가 아니로다.
A는 A가 아니로다.
A는 A가……

내가 속으로 되뇌는 동안
그는 내게 자신만의 말년의 양식을
은퇴 이후 혹은 사별 이후
머리 위에 떠 있는 거대한 바위를
공들여 깎고 다듬는 장인의 풍모를 선보인다.

헤어질 때 그는 옅은 미소를 지으며 손을 흔들다가
담배를 꺼내 물고는 뒤돌아선다.

그때 내 주머니 속에서 갑자기
정체 모를 이상한 돌들이 마구 늘어나
대리석 조각과 항우울제 알약과 뒤죽박죽 섞여버
린다.

그중 어느 것을 삼켜도 오늘 밤엔 잠이 올 것 같다.

* 에드워드 사이드의 『말년의 양식에 관하여』에서 가져왔다.

어쩌라고

때로는 사는 의미를 포기해야 위안이 되었다.

나는 모르는 사람들의 한담을 엿들었고
그것들은 대체로 아름답게 끝맺었다.

"우리에겐 가을이 있잖아."

그래, 가을은 언제나 오지.
하지만 어쩌라고.

"1월과 2월 남녘엔 동백꽃이 지천이야."

동백꽃은 지고도 오래 시들지 않지.
그런데 어쩌라고.

　나는 말의 태반이 말 같지 않은 설운 나라를 떠올렸다.
　동해물과 백두산이 마르고 닳도록 어쩌라고.

나는 도시의 태반이 육지가 아닌 통영을 떠올렸다.
거기엔 만지도라는 섬이 있다.

어부들은 아름답지 않은 농담을 지껄였다.
"만지도, 나를 만지도. 제발."
도대체 어쩌라고.

배 타고 낚시하러 간 통영 앞바다
가두리엔 사람처럼 새끼를 낳는다는
망상어들이 가득했다.

망상어는 망상이 빚은 가짜 물고기인가요?
아니면 망상에 젖은 진짜 물고기인가요?

양식장 주인은 묵묵히 물 건너 밤숲만 바라봤다.
그때 그가 바닷속으로 뛰어들었다면
가시 많은 물고기가 되어 유유히 사라졌을 것이다

가두리를 결혼식장으로 쓰면 어떨까요?
그기 뭔 소리고?

사장님, 주례 잘 볼 것 같아요.
마느라가 몬 살겠다 도망친 놈이 뭔 주례고.

섬들 사이로 해가 지고 있었다.
나도 차츰 묵묵해졌다.

때로는 사는 의미를 포기해야 살아갈 수 있었다.

형

형은 어쩌면 신부님이 됐을 거야.
오늘 어느 신부님을 만났는데 형 생각이 났어.
나이가 나보다 두 살 많았는데
나한테 자율성이랑 타율성 외에도
신율성이라는 게 있다고 가르쳐줬어.

신의 계율에 따라 사는 거래.

나는 시율성이라는 것도 있다고 말해줬어.
시의 운율에 따라 사는 거라고.
신부님이 내 말에 웃었어.
웃는 모습이 꼭 형 같았어.

형은 분명 선량한 사람이 됐을 거야.
나만큼 아버지를 미워하지 않았을 테고
나보다 어머니를 잘 위로해줬을 거야.
당연히 식구들 중에 맨 마지막으로 잠들었겠지.
문들을 다 닫고.

불들을 다 _끄고._

형한테는 뭐든 다 고백했을 거야.
뭐가 뭔지 모르겠다고.
사는 게 너무나 무섭다고.
죽고 싶다고.
사실 형이 우리 중에 제일 슬펐을 텐데.

그래도 형은 시인은 안 됐을 거야.
두번째로 슬픈 사람이
첫번째로 슬픈 사람을 생각하며 쓰는 게 시니까
말야.

이것 봐, 지금 나는 형을 떠올리며 시를 쓰고 있
잖아.
그런데 형이 이 시를 봤다면 뭐라고 할까?
너무 감상적이라고 할까?
질문이 지나치게 많다고 할까?

70

아마도 그냥 말없이 웃었겠지.
아까 그 신부님처럼.

시가 아니더라도 난 자주 형을 생각해.
형이 읽지 않았던 책들을 읽고
형이 가지 않았던 곳들을 가고
형이 만나지 않았던 사람들을 만나고
형이 하지 않았던 사랑을 해.

형 몫까지 산다고 말할 수는 없지만
나이가 들수록 가끔
내가 나보다 두 살 더 늙은 것처럼 느껴져.

그럼 죽을 땐 두 해 빨리 죽는 거라고 느낄까?
아니면 두 해 늦게 죽는 거라고 느낄까?
그건 그때가 돼봐야 알겠지.

그런데 형은 정말 어떤 사람이 되었을까?

사실 모르는 일이지.

죄를 저지르고 감옥에 가지 않았으리란 법도 없지.

불행이라는 건 사람을 가리지 않으니까 말야.

만약 그랬다면 내가 형보다 더 슬픈 사람이 되고

형은 감옥에서 시를 썼을까?

그것도 그때가 돼봐야 알겠지.

형한테 물어보고 싶은 것들이 수두룩했는데

결국 하나도 물어보지 못했네.

형 때문에 나는 혼자 너무 많은 생각에 빠지는 사람이 됐어.

이것 봐, 지금 나는 새벽까지 잠도 안 자고 시를 쓰고 있잖아.

문들도 다 열어두고.

불들도 다 켜놓고.

형, 정말 물어보고 싶은 게 있어.

왜 형은 애초부터 없었던 거야?
왜 형은 태어나지도 죽지도 않았던 거야?
왜 나는 슬플 때마다 둘째가 되는 거야?

형,
응?

심보르스카를 추억하며

내게는 폴란드 고모님이 있었다.
그녀는 4년 전 세상을 떴다.
장례식에도 가보지 못했다.
실은 생전에 만난 적도 없다.
나와 공통점이라곤 같은 성에 같은 돌림자를 쓰고
둘 다 사회학을 공부했고 시인이라는 사실뿐.
아, 둘 다 애연가라는 것도.

그 외의 것들은 대부분 달랐다.
성별, 언어, 성격, 국적, 문체, 정치관……
그녀의 집에는 지도와 고서,
민속 수공예품, 모던한 모자,
잉크 자국과 손때가 묻은 목재 테이블,
그 위에 깔끔히 정리된 육필 원고……
내게는 없는 것들이 가득했을 것이다.

무엇보다 침묵이 있었을 것이다.
밤새 침대맡에서 뜬눈으로 그녀의 꿈을 지키고

그녀가 아침 식사를 마칠 때까지
신문의 1면과 TV의 광고 화면을 눈치껏 가려주는
그녀의 나이별 체취가 석회암 지층처럼 켜켜이
쌓인
부드러운 침묵이 그녀의 집에 거주했을 것이다.

그녀는 나처럼 잘 때 이빨을 갈지 않았을 것이다.
어쩌면 잠꼬대를 했을 수는 있다.
그것은 왠지 그녀와 어울리는 것 같다.
무수한 단어들이 그녀의 무의식을 흘러 다녔을 테
니까.
하지만 이빨을 갈지는 않았을 것이다.
그녀의 단어들은 내 것들과 달리
증오의 맷돌에 갈려 부서진 흔적이 없다.

그녀는 내가 자신의 조카라는 사실을 알지 못한
채 죽었다.
생전에 그 소식을 접했다면 그녀는 말했을 것이다.

"한국에 내 조카가 있다고? 나처럼 사회학을 공부했고 시를 쓴다고?"

당황스럽기도 하지만 꽤나 흥미롭다고 여겼을 것이다.

내가 그녀의 조카라고 공공연히 떠들고 다닐 때

사람들은 실없는 농담으로 흘려들었다. 하지만 아니었다.

폴란드어로 씌어진 그녀의 시에는

먼 나라의 모르는 조카에게 들려주는 비밀스러운 목소리가 담겨 있었다.

우리의 핏줄 안에는

우리의 피부 아래에는

같은 축복과 저주가 담겨 있단다.

우리는 앎과 무지, 기쁨과 슬픔을 반죽해서 만든 빵이

시간의 선반 위에서 돌처럼 단단해지기를 기다린단다.

그것의 반은 먹고—이빨을 조심하렴—나머지 반으로는 성을 쌓는 거란다.

우기에는 빗물에 부풀어 거대한 구름으로 솟아오르고

건기에는 햇살에 부서져 드넓은 사막으로 펼쳐지는

기이하고 경이로운 성을 짓는 거란다. 물론 평생에 걸쳐서 말이야.

그리고 또 있단다.

누군가 우리의 책을 읽는다면

그들이 망각을 두려워하기 때문이란다.

누군가 우리의 무덤에 꽃을 바친다면

그들이 착각을 사랑하기 때문이란다.

행여나 그녀가 한국을 방문해 내가 찾아갔더라도

그녀는 나를 외면하거나 미친 사람 취급을 하진 않았을 것이다.

내가 인사를 건네면 그녀는 유쾌하게 말했을 것이다.

"아하, 바로 당신이 그 사람이군요."
그녀가 정답게 내 뺨에 자신의 뺨을 맞대는 일은
없었겠지만
우리는 차를 마시며 대화를 나눴을 것이다.

심오한 문학적 주제에 관한 장시간의 토론은커녕
기껏해야 폴란드와 한국의 날씨나
좋아하는 도시와 배우에 대한 짧은 한담이었을지
라도
그녀는 웃는 얼굴로 내게 작별을 고했을 것이다.

어쩌면 그녀는 폴란드로 돌아가 시를 썼을 수도
있었다.
"내게는 내가 모르는 한국 조카가 있다"라는 구절
로 시작하는.

그 시가 그녀의 시집에 실린다는 보장은 없지만.
그녀가 죽은 지 4년이 넘었지만.

섬살이

건너편 테이블에서 백인 남자가
뭐라 뭐라 말을 한다

언뜻 "영원히 사라지고 싶어"로 들리지만

그처럼 빨리 움직이는 입술로
그런 말을 할 것 같지는 않다

DISAPPEAR

혼자 천천히 또박또박 말해본다

섬에서는 흔히 그렇다
누군가 사라지면 다들 육지로 갔다고 여긴다
섬에는 섣부른 가정들이 만연하다

괜한 반발심 때문은 아니지만
어쨌든 나는 육지로 돌아가지 않을 것이다

한 섬에서 사라지고
다른 섬에서 나타날 것이다

가능하다면 적도 부근이 좋을 것이다
여권에 도장을 많이 찍지 않아도 되는
군도라면 더욱 좋을 것이다

적도 위에서 일하고
적도 아래서 놀 것이다

반대도 나쁘지 않을 것이다

2월에 태어나
2월에 제일 먼저 적응했듯이

2월에 태어나
2월이 가는 것에 적응했듯이

섬살이에 잘 적응할 것이다
섬들은 다 2월이지
혼자 착각하며

멀리 떠나는 친구에게

이곳에 머문 지 사흘째라네

이 호텔은 이름 옆에 "1970~"라고 씌어져 있고

전화를 하면 중년의 화가가 예약을 받는 곳이지

투숙객은 대부분 노인들이라네

로비에 앉아 있을 때 나는 일부러 책을 펼쳤다네

어쩌면 노인 한둘은 지나치며 생각할 수도 있으
니까

교양 있는 젊은이라면 우리와 함께 묵는 것도 괜
찮겠지

친절과 풍자, 학식과 가식이 함께 들어 있는

그 장면을 자네가 맘에 들어 하리라 생각하네

오늘 낮엔 신이 사는 곳이란 이름의 숲을 거닐었
다네

우리가 함께 이야기했던 지명들을 떠올리면서 말
이네

포르투, 파타고니아, 탄자니아, 그리고

우리가 아직 언급하지 않은 그 외의 장소들도 생

각했지

　우리가 늙어서 그중 한 곳에서 만나리라는 것을

안다네

　나는 그때 자네에게 웃으며 말하겠지

　이보게, 자네는 나보다 아홉 살 어린 중늙은이일

뿐이야

　나는 걷고 또 걷다 통제구역 안쪽으로 들어섰다네

　청록빛 이끼를 수의처럼 입고 쓰러져 있는 나무

둥치들이

　길을 막아섰다네, 그것들을 넘어서자

　온갖 곤충들이 붕붕대며 날아와 가슴팍을 때렸

다네

　그 모든 것들이 정령의 입을 빌려 말하는 듯했지

　인간이여, 너는 이곳에 속하지 않나니, 어서 돌아

가라

　겁에 질린 나는 순순히 돌아섰다네

　하지만 자네라면 어땠겠나, 아마도

경고를 무시하고 더 깊이, 더 깊이 들어갔겠지
나는 돌아설 때 얼핏 보았다네
울창한 삼나무들 사이로 멀어지는 자네의 넓은 등
판을

그때 나는 생각했다네
우리는 세상일에 대해 이견이 거의 없지
하지만 가는 길은 왜 이리도 다른가

돌아오는 숲길에서 수노루 한 마리와 눈이 마주쳤
다네
멋진 뿔을 흔들며 풀을 뜯어 먹던 녀석이
나를 보고 놀라서 숲속으로 뛰어들 때
발굽이 퉁, 하고 돌바닥을 치는 소리가 들렸지
우아함과 기민함, 경탄과 한탄이 함께 들어 있는
그 소리를 자네가 맘에 들어 하리라 생각하네

난 지금 호텔방에 돌아와

이곳의 평균연령을 조금 낮추며 다시금 책을 펼치
고 있다네
내가 가장 존경하는 시인의 시집이지
책 안쪽의 저자 이름 옆에는 "1929~"라고 씌어져
있다네
그는 몇 년 전에 이미 죽었는데 말이네
그는 저명인사가 아니라네
그러니 그의 책은 더 이상 팔리지 않을 테고
그는 잘못 인쇄된 시간 속에서 영원을 살겠지

자네는 시인이 사후에 유명세 타는 것을 싫어하지
기억하나? 자네가 내게 했던 말을?
개 같은 국민들, 살아 있을 때는 무시하더니
죽으니까 제멋대로 영웅을 만들어버리네
시인이 알았다면 차라리 죽지 않았을 텐데

하지만 다 잘된 일 아닌가?
우리 사이에 죽은 시인이 또 하나 늘었으니

슬픔과 환멸로 인해 우리는 좀더 가까워진 셈이
라네

기억하나? 우리가 송전탑 아래서
벌벌 떨면서 몇 시간을 함께 서 있던 겨울날을?
우리는 그때 고통스런 삶과 빌어먹을 현실에 대해
이야기를 나눴지, 우리는 그때
세상일에 대해 이견이 거의 없었지

하지만 자네는 곧 먼 곳으로 떠나네
거기가 포르투건 파타고니아건 탄자니아건
그곳 여자들이 넓은 등판을 가진 남자라면
사족을 못 쓰고 환대하길 바라네
그렇다네, 내가 떠나는 자네에게 해줄 것은
이렇게 읽고 쓰는 일뿐이라네
그리고 조금씩 기억하는 일뿐이라네
작은 점들과 희미한 선들을 모아서
늙지 않는 이들을 위한 호텔과

자애로운 신을 위한 숲과

　죽은 무명 시인들을 위한 나라를 건설해가듯이 말
이네

　그것이 우리가 다시 만날 날을 준비하는

　가장 바람직한 방식이라네

염천교 생각

서울역으로 향하는 길
염천교를 건널 때 선배가 말했지

많은 시인들이 염천교에 대한 시를 썼어

나는 놀라지 않았지
그들은 다리 아래로 지나는 기차들을
하염없이 내려다봤을 테니까

하행선에는 한숨을
상행선에는 염려를
떨어뜨렸겠지

침을 뱉는 대신에
돌을 던지는 대신에
아무것도 안 하는 대신에

나는 생각했지

세상엔 내가 모르는 역이 얼마나 많은지
언젠가 그중 한 곳에서
나의 나이가 완성되겠지

어렸을 적 잔디밭에 누워 눈을 감고
구름이 얼굴 위로 지나가는지
알아맞히기를 했었지
구름은 하늘에서 모이고
흩어지는 웅장한 기차이니까

먹구름이라고 확신했는데
눈을 떠보니 밤인 적도 있었지
눈을 떴다고 생각했는데
계속 감고 있던 적도 있었지

눈을 뜨건 감건
헤어진 애인인 적은 없었지
그녀는 이상한 사람이 되어

상행선과 하행선을 동시에 타고 떠났지
나는 이상한 역이 된 기분이었지

물론 그랬겠지
많은 시인들이 염천교에 대한 시를 썼겠지

저물녘 다리 위에서
철길들이 사방에서 달려와
하나의 점 속으로 사라지는 것을 바라보면
구원받은 게 다 무효가 되는 기분이었겠지

다 바보 같은 생각이지
침대에 누워 모르는 역을 떠올리며
한숨과 염려를 석탄처럼 가득 싣고 달리는
이상한 기차를 상상하며
조금씩 어른이 되어가는 아이의 생각이지

유일하게 아는 어른이 죽음인 사람

많은 생각을 포기한 대가로
평생 하나의 생각에 골몰하게 된
바보 같은 사람의 이야기지

느림보의 등짝

A와 B는 함께 산책하는 것을 즐긴다

그런데 문제가 하나 있다

A는 타인의 뒷모습을 보면 기분이 좋아지는데
B는 타인의 뒷모습을 보면 기분이 울적해진다

A는 타인의 뒷모습을 보면
계속 보려고 걸음을 늦춘다

B는 타인의 뒷모습을 보면
얼른 지나치려고 걸음을 재촉한다

인적 없는 숲속이나 강변이 아니라면
노인, 뚱보, 사색가, 몽상가
혹은 다리가 짧은 이
그런 느림보들이 어김없이 둘 앞에 나타난다

둘은 함께 산책을 끝내는 데 늘 실패한다

둘은 점점 멀어져 각자의 집으로 돌아간다

A가 B에게 말한다

하여간 느림보들의 등짝이 문제라니까!

B가 A에게 묻는다

정말 그럴까?

정말 그게 우리가
다른 시간에 다른 열쇠로 다른 현관문을 여는 이
유일까?

나는 시인이랍니다

오늘은 오랜만에 산책을 했지요.
되도록 많은 것을 생각하면서요.
당신, 그리고 당신 아닌 모든 사람들에 대해.
지난해의 친구들, 그중 제일 조용한 친구에 대해.
내일의 미망으로 쫓겨난
희미한 빛과 가녀린 쥐에 대해.
지워지지 않는 지상의 얼룩 위로
나는 한껏 허리를 구부리고 걸어갔지요.

중간에 아는 시인을 봤지만 모른 체했어요.
시인끼리는 서로 모른 체하는 게 좋은 일이랍니다.
시인은 항상 좀도둑처럼 긴장하고 있지요.
느릿느릿 걷고 있는 것처럼 보일 때에도
그들은 가장 사소한 풍경에서
가장 치명적인 색깔을 꺼내 달아나는 중이니까요.

나는 멀어지는 시인의 뒷모습에 대고 속삭였죠.
잘 아시겠지만 우리는 시인이랍니다.

오늘 우리가 응시한 것들 중에

적어도 개와 아이는 움찔했겠지요.

하지만 선량한 우리는 늘 말하죠.

무서워하지 말아요. 우리는 시인이랍니다.

나는 한 번도 와보지 않은 공간에 도착했어요.

빈 상자와 잡동사니가 아무렇게나 쌓인 복도였죠.

복도 끝에는 늙은 청소부가 바닥에 주저앉아 졸고

있었어요.

반대편 끝에는 처음 보는 연구소가 있었는데

이름은 평화연구소였어요.

나는 노크를 하며 생각했죠.

평화를 연구하는 사람들은 어떤 표정을 짓고 있

을까?

하지만 문은 잠겨 있었어요.

나는 낡은 철제 의자 하나를 펼쳐 앉았죠.

그곳의 분위기는 오래전 방문했던 예배당 같았

어요.

나는 거기 앉아 되도록 많은 것을 생각했어요.
내가 까맣게 잊었던 것들에 대해. 이를테면
지난 금요일에는 내가 시인이고 자시고
그냥 인간이고 싶었다는 사실에 대해.
나는 소원을 빌기 위해 두 손을 모았지만
어색하고 부끄러워 얼굴이 빨개졌답니다.
나는 문득 늙은 청소부에게 소리치고 싶었지요.
어이, 아저씨, 금요일에 나는 인간이고 싶었어요!
나는 화들짝 깨어난 그에게 말하겠지요.
놀라지 말아요. 나는 시인이랍니다.

나는 건물 밖으로 나갔어요.
그동안 몸이 많이 아팠지만 이젠 괜찮아요.
기침이 늘었고 수염이 지저분하게 자랐지만
숨 한 번 크게 쉬면 지옥의 강철 문이라도 열어젖
힐 수 있어요.
아직까지는 입증할 수 있어요.

나 자신에게, 다른 시인에게,

개와 아이에게, 늙은 청소부에게,

인간적 용기가 꿈틀거렸던 금요일에게,

모든 것을 기억하려는 갸륵한 오늘에게,

바닥의 자갈들에게,

허공의 먼지들에게,

내가 시인이라는 사실을,

그것도 알짜배기 시인이라는 사실을 말이에요.

그리고 물론 당신에게 나는 말합니다.

잊지 말아요. 나는 시인이랍니다.

슬퍼 말아요. 나는 시인이랍니다.

시는 우리 사이에 벨벳처럼 펼쳐져 있어요.

그것의 양 끝은 우리가 잠들 때 서로의 머리맡에

놓여 있어요.

나는 돌아가신 할머니와 아버지에게,

마침 내일이면 생일을 맞으실 어머니에게,

고모님에게, 여동생에게, 남동생에게,
제수씨에게, 조카들에게 말합니다.
모두들 아무 염려 말아요. 나는 시인이랍니다.

나는 마지막으로 말합니다.
사람들이여, 나는 시인이랍니다.
부디 내게 진실을 묻지 말고 황금을 구하지 말아요.
나는 무엇이 행복이고 무엇이 불행인 줄 몰라요.
그 둘이 마주했을 때,
무엇이 먼저 흠칫 놀라 뒤로 물러나는 줄 몰라요.

그러니 사람들이여, 명심하세요.
자고로 시인이란 말입니다,
벌꿀과 포도주를 섞은 눈빛으로
술 취한 듯 술 취하지 않은 듯
사물을 조용히 관찰하고 오래오래 생각하는
그런 평범한, 평범한 사람이랍니다.

나는 이제 시인이 아니랍니다

나는 오늘 내게 영감을 주곤 했던 노을빛이
누군가의 자동차와
누군가의 그림자와
누군가의 지붕에 깃드는 것을
무연히 바라보고 있습니다.

노트에 묻은 마지막 지문은 수년 전의 것.
지금 어딘가 나 아닌 다른 사람은
내가 모르는 노을의 비밀을 알아채고
자신의 손가락을 조금씩 움직이기 시작합니다.

나는 그 사람이 부럽습니다.
오늘 밤 그 사람은 시인이지만
나는 그렇지 않습니다.
시는 쓰지 않고 다만
시 쓰는 생각에 젖어 있을 뿐.
그 생각도 그리 오래가지는 않습니다.

나는 오늘 나의 목소리를 따라가지 않습니다.
어떤 그늘에서도
어떤 침묵의 순간에도
어떤 꿈의 영상 속에서도
나는 오늘 외로운 천사의
흐느낌을 따라가지 않습니다.

나는 내 목소리의 죽은 원천을 바라봅니다.
산산이 부서진 말의 씨앗들.
물방울이기도 했고
불꽃이기도 했던 자그마한 장소.
망상에 빼앗긴 소망의 메마른 우물.

나는 기억들을 더듬어봅니다.
사람들과의 입맞춤과 악수와 포옹.
주먹 속에 웅크리고 있지만
주먹을 펼치면 사라지는 새.
모든 얼굴들에 숨어 있는

레몬 씹는 아이의 싱그러운 찡그림.

아아, 그 모든 생명력들을 떠올려봅니다.

하지만 나는 이제 시인이 아니랍니다.

아주아주 거대한 무언가가 내 곁을 스쳐 지나간다
한들

나는 더 이상 할 말이 없습니다.

최선을 다해 말한다 해도

"아주아주 거대한 무언가가……"에서 말문이 닫
혀버립니다.

시인의 자리는 어디일까요?

왼편에는 모르는 이들이 있고

오른편에는 사랑하는 이들이 있는 자리.

집중력이 생기는 자리.

고독이 생기는 자리.

시인의 자아란 무엇일까요?

뜨겁고 달콤한 영혼의 입자들이 뭉쳤다 부서지는
창문이 너무 많은 어두운 방.
창문이 하나도 없는 빛나는 방……

내가 시인이었을 때 나는
"이제 고통은 그만! 하지만 행복이여, 내게 다가
오지 마라!"
외치면서 시 쓰기를 멈추지 않았습니다.

내가 시인이었을 때 나는
눈앞의 사물을, 그것이 머나먼 목적지가 될 때까지
오랫동안 바라보곤 했습니다.

그러던 어느 날 아침
나는 아주 평범한 사람으로 일어나 기지개를 켰습
니다.
그때 어떤 깨달음처럼 나는 더 이상
내가 시인이어야 할 이유가 없다는 생각이 들었습

니다.

　나는 평소처럼 노모에게 인사를 하고 출근을 했습니다.

　그날부터 나는 시인이기를 멈췄습니다.

　오늘 밤 나는 시인이 아닙니다.

　오늘 밤 집으로 돌아가는 많은 사람들도 시인이 아닙니다.

　우리는 시는 쓰지 않고

　시 쓰는 생각도 않고

　내일의 노동은 얼마나 고될까?

　언제쯤 행복은 나에게 도달할까?

　그저 그런 빤한 염려에 젖어 있을 뿐입니다.

　하지만 나는 압니다.

　오늘 밤 이 세상에 한 사람은 반드시 시인입니다.

　오늘 밤 누군가가 시를 쓰고 있다면

　그것으로 충분합니다.

그러니 무슨 상관이겠습니까?
내가 시인이건 아니건
내가 월급쟁이건 아니건
내가 장남이건 아니건
도대체 무슨 상관이겠습니까?

오늘 밤 이 세상에 단 한 명이라도 잠들지 않고
밤새 시를 쓰고 있기만 하다면
그것으로 충분합니다.

오늘 밤 단 한 명이라도 시인이라면!

그 생각만으로 절로 미소를 지으니까요.
그 생각만으로 단잠에 빠지니까요.
그 생각만으로 내일 아침
영영 깨어나지 않을 수 있으니까요.

Ⅲ

사진들

나는 사진들을 보고 있다.

사진들의 주인공은 프랑스 인민전선의 주요 인사이자 2차 세계대전 직전까지 교육·문화부 장관이었던 장 제이다. 그는 프랑스에서 최초로 유급 휴가를 도입했고 칸 영화제를 창립했다. 그는 전쟁이 터지자 나치의 괴뢰정부인 비시 정권에 의해 수감됐고 1944년 처형됐다. 그의 딸 엘렌과 사위 클로드가 나에게 그의 사진들을 보여준다. 장 제는 미남까지는 아니지만 눈빛이 맑고 몸 전체에 호인스러운 풍모가 배어 있다.

엘렌은 아버지가 감옥에 있을 때 태어났기에 부녀가 함께 있는 사진들은 모두 면회 당시 찍은 것들이다. 사진 한 장에서 아기 엘렌은 유모차 밖으로 상반신을 내밀며 인상을 잔뜩 찌푸리고 있다. 클로드가 말한다. "장 제는 엘렌의 유모차에 비밀 서한을 숨겨 감옥 바깥의 가족과 동지 들에게 보냈어." 장 제가 죽기 전에 보낸 마지막 서한의 마지막 문장은 "아비

앙토"였다.

　가만히 이야기를 듣던 엘렌은 문득 내 손목의 단주를 발견하고는 표정이 밝아진다. 그리고 자기 손목의 단주를 내게 보여준다. 단주 위엔 "옴"이라고 씌어져 있다. "옴, 우주의 첫번째 소리예요. 오오옴, 하면 마음이 평화로워져요." 엘렌은 입술을 동그랗게 만들어 "오오" 하는데 그것이 감탄의 표시인지 "오오옴"을 발음하다 포기한 것인지 나는 알지 못한다.

　클로드는 또 다른 사진을 보여준다.
　거실 한구석에 제단처럼 마련된 테이블이 있다. 그 위에는 칼레드의 사진과 아프리카산 목각 토속품들이 놓여 있다. "칼레드는 수단에 세 번 다녀왔어. 돌아올 때마다 기념품들을 가지고 왔지. 마지막 여행에서 돌아온 날 그는 쓰러졌어. 그는 내 품에서 힘겹게 말했어. "몸이 이상해요." 병원에 도착했을 때는 이미 늦었어. 죽은 줄 알았던 가족들은 살았는데 살아남은 칼레드는 그렇게 죽었어." '당신의 슬픔을 온전히 이해할 순 없지만 당신의 이야기는 나 또한 슬프게 해요.' 나는 속으로 말한다. 한국어로 한 번. 그리고 영어로 한 번.

테이블 옆에 또 다른 사진이 있다.

내가 클로드에게 선물로 준 흑백사진이다. 10여 년 전 내가 찍은 그 사진에는 내 친구의 딸이 마리오네트 인형을 가지고 노는 장면이 담겨 있다. 더 자세히 말하면 사진에는 흔들리는 마리오네트와 그 옆에 체크무늬 치마를 입은 친구 딸의 오른쪽 다리가 담겨 있다. 클로드는 그 사진을 어느새 아랍식 문양으로 테두리가 쳐진 프레임에 넣어놓았다.

'클로드의 죽은 친구 옆에 내 친구의 살아 있는 딸. 복잡한 패턴 속에 단순한 패턴.' 나는 속으로 말한다. 이번에는 한국어로만.

클로드와 산책을 나가 루아르강을 가로지르는 다리를 건널 때, 그가 말한다. "이 다리 아래서 칼레드가 몇 달간 살았어. 대학살을 피해 수단에서 탈출해서 프랑스로 넘어온 직후였지. 그가 젊은 나이인데도 죽은 건 아마도 그 때문일 거야. 그 더운 나라에 살던 친구가 이 추운 데서 몇 달을 노숙했으니 건강이 많이 망가졌을 거야. 더구나 그는 담배를 쉬지 않고 피웠어. 슬퍼서 그랬을 거야."

우리는 산책을 끝내고 슈퍼마켓에 들렀다가 집으로 돌아온다. 클로드는 슈퍼마켓을 좋아한다. 그곳에 가면 "멍청함의 스펙터클"을 관람할 수 있기 때문이다. 내가 머무는 집은 엘렌의 조상들이 2백 년 전에 지은 집이다. 대저택까지는 아니어도 방이 여럿이다. 그 방들에는 클로드의 제자인 동양인 부부, 난민, 세입자 들이 있다. 클로드가 웃으며 말한다. "이 집 지하에 골족이 판 동굴이 있을지도 몰라. 다른 집들에서는 공사하다 종종 동굴이 발견되거든."

클로드가 이어서 말한다. "네가 머무는 방에는 어쩌면 곧 시리아 난민이 오게 될지도 몰라." 나는 묻는다. "이웃들이 싫어하지 않을까요?" 클로드는 말한다. "그럴 수 있지. 하지만 내 집에 머물렀던 난민들이 문제를 일으킨 적은 단 한 번도 없었어."

시인, 비평가, 퇴직 교수, 사회운동가, 유대인, 동양인, 아프리카인, 아랍인, 유령 들. 이들은 서로서로 사진을 찍어주고 건네준다.

사진에는 번역해야 할 언어가 없다.

사진들 속에는 몸짓, 얼굴, 눈동자, 흔들림, 얼룩, 빛, 어둠만이 있다.

공통의 것

뺨을 쓰다듬어줘
길고 가는 검지로 피의 회오리를 만들어줘

굳은살 박인 엄지로 이마를 눌러줘
뒤통수까지 관통하는 철의 지문을 찍어줘

사타구니에 두꺼운 책을 떨어뜨려줘
책이 무척 아플 수 있다는 걸 깨우쳐줘

난간 너머로 공을 던져줘
허공에서 처음이자 마지막으로 캐치볼을 해보자

망치질을 할 때 이름을 불러줘
이름이 몇 조각으로 깨지는지 맞혀보자

고통은 공통의 심연
고통은 공통의 심연

노래를 지어줘
혼자서만 부르는 장엄한 합창곡을 지어줘

끝나지 않았어[*]

당신은 모든 이의 머리를 쓰다듬어주는 사람
당신은 죽어가고 있어
하지만 중요한 것은 당신이 아직 죽지 않았다는
사실이야
그보다 더 중요한 것은 당신이 살아 있다는 사실
이야
연명한다기보다 잔존하고 있다고 해야지
그 둘은 분명히 다르니까
목숨과 존재의 차이를 잊지 마

8월의 어둠, 당신은 집중력을 잃지 않고 있어
당신은 모든 것을 기억하려고 해
우리가 언제 처음 만났고
그때 어떤 이야기를 했고
그때 창밖에 어떤 풍경이 펼쳐져 있었는지
봄이었던가? 상관없어
창밖의 나무에 꽃이 아니라 불이 붙었다고
그 불이 세계의 지붕 위로 순식간에 번져갔다고

기억하자
　　우리는 둘 다 시인이니까
　　우리는 이미지의 왕과 여왕이니까

　　저기 좀 봐, 시커멓게 그을린 건물의 벽을 봐
　　불길이 잡히자 뻥 뚫린 천장으로 달빛이 쏟아졌어
　　충격적이었지만 아름다운 풍경이었지
　　집주인의 퇴거 명령에 분노한 세입자들이 방화를
했어
　　그들은 매춘업자였어, 그들이 쫓겨난 자리에
　　지금은 마약거래상이 들어왔어
　　정말 놀라운 이야기 아니야?

　　당신은 아이처럼 웃고 있어
　　중요한 것은 당신이 웃고 있다는 사실이야
　　그보다 더 중요한 것은 당신이 살아 있다는 사실
이야
　　웃음은 존재의 암흑 속에서도 반딧불들이 날아다

닌다는 증거야

8월의 어둠, 당신은 집중력을 잃지 않고 있어
당신은 언제나 그렇듯 딸 이야기로 수다를 떨지
시안Xian, 조상의 고향 지명을 따서 지은 이름이
라 했지
당신은 모녀 사이의 묵계에 대해 말하고 있어
어머니의 딸이 성인이 될 때까지
딸의 어머니는 반드시 살아 있어야 한다고
그래, 그 묵계의 단단한 매듭이 풀릴 때까지 더 기
다리자

시안은 아직 결혼식도 올리지 않았고
세상에서 가장 사랑스러운 아이도 낳지 않았으니까
당신 가슴 속의 그 더러운 암세포 따위는
반딧불들의 신비로운 짝짓기를 결코 훼방 놓지 못
할 거야

당신은 모든 이의 머리를 쓰다듬어주는 사람
심지어 죽은 이들의 머리까지 쓰다듬지
당신은 오래전부터 그들의 초상화를 그렸지
거리 시위에 들고 나가기 위해
권력가들의 면전에 흑백의 진실을 들이밀기 위해
당신은 이제 아니, 아니야, 그게 아니라고!
잔소리나 하는 할머니 취급을 받기 일쑤지만
당신은 여전히 죽은 이들의 초상화를 그리지
그 사각의 '절대 슬픔'을 젊은이들의 손에 쥐여
주고
그들의 머리를 일일이 쓰다듬으며 당신은 말하지

애들아, 이제 나가렴, 이것을 들고 나가 끝까지 싸
워야 해

8월의 어둠, 당신은 집중력을 잃지 않고 있어
지금부터 당신은 빈 회의실에 혼자 남아 노트에
쓰기 시작할 거야

우리는 과거로부터 온 흐름 속에 존재하며
우리의 역할은 그 흐름을 이어가는 것이다
누구는 용기를 가졌고 누구는 그렇지 않다
그러나 우리는 영웅이 될 필요가 없고 될 수도 없다
우리는 모두 하나의 조짐, 희미한 움직임이다
바통을 주고받는 이름 없는 주자들이다
그 바통 위에는 '끝나지 않았어'라는 말이 새겨져
있다

* 이 시는 내 친구이자 시인인 페이 치앵Fay Chiang과의 대화와
조르주 디디-위베르만의 『반딧불의 잔존』의 영향 아래서 씌어졌다.

하라, 파라, 플로렌시아*

하라는 노래를 불렀네
파라는 시를 읊었네

독재자는 말했네
권력의 말을 따라 하라
언어의 구덩이를 깊게 파라

하라는 처형당했고
파라는 살아남았네

하라, 파라, 북극성
세 꼭짓점으로 이루어진 삼각형
속에서 칠레의 광부들은
매일매일 구리를 캤네

광부의 딸 플로렌시아
"활짝 핀 꽃"이라는 이름의 처녀
고개 숙여 글자를 읽을 때마다

눈에서 뚝뚝 꽃잎이 졌네

청년의 볼에 입을 맞추고
처녀는 말했네
책 속에는 입술들이 그리도 많은데
왜 당신의 얼굴에는 하나도 없을까요

청년은 말했네
나의 꽃이여, 이곳은 칠레
국토 전체가 기나긴 일방통행로
광부들의 구릿빛 입술이
사막을 촘촘히 박음질하며
요동치는 꿈의 고삐를 물고서
일렬로 나아가요

하라는 하라대로
파라는 파라대로
광부는 광부대로

플로렌시아는 플로렌시아대로

그들은 걷고 또 걸었네

국경 끝에서 고개를 들어
별을 바라볼 때
계급의 얼룩을 씻어낸 입술들이
노래를 부르고 시를 읊었네

거기서 어떤 뜨거운 입술은
다른 입술이 도착하기를 밤새도록 기다렸네

* 하라는 1973년 군사 쿠데타 직후 40세의 나이로 처형된 칠레의 민중가수 빅토르 하라를 뜻하며, 파라는 중남미에서 반시(反詩) 운동을 주도한 칠레 시인 니카노르 파라를 뜻한다. 파라는 2017년 현재 103세이다.

좋은 밤

밤이 올 때까지
밤에 대한 책을 읽는다

책장을 덮으면 밤은 이미
문지방 너머에 도착해 있다

얼마나 많은 동굴을 섭렵해야
저토록 검고 거대한 눈이 생기는가

매번 다른 사투리로 맞이하는 밤
밤은 날마다 고향이 달랐다

밤이 왔다
밤의 시계는 매초마다 문 잠그는 소리를 낸다
나를 끌고 고독 속으로 들어간다

낮의 일을 떠올린다
노인은 물속에 묻히고 싶다며

자전거를 끌고 연꽃 속으로 들어갔다

노인은 눈물을 흘렸다
아이들은 살 수 있었다고
최고의 악동은 살아남는다고
지구 어딘가에서 뜨거운 것과 차가운 것이
반드시 만날 거라고

밤의 배 속에서 돌들이 식는다
나의 차가운 혀도
뜨거운 무언가(無言歌)를 삼키리라

낮엔 젊었고 밤엔 늙었다
낮에 노인을 만났고 밤에 그 노인이 됐다

밤은 날마다 좋은 밤이었다

허씨집 벤의 기도

능숙하게 잔인을 구사했던 로마인들
토가의 주름을 피던 노예의 손목을 낚아채
그 위에 새겨진 주저흔을 바라보며 능청스럽게 말
했네

"이 약해빠진 암염소들아,
호메로스조차 너희들의 인생을 시로 쓴다면 삼류
로 전락할 것이다!"

복수의 운명이여,
나를 언제 종착지에 데려다 놓겠느냐

죽은 자의 얼굴을 산 자의 눈에 비춰주던
제국의 황금 조상(彫像)을 조각조각 찢어발긴
그 녹슨 칼날을 부디 내게서 거둬다오

아아, 슬픔이 거대한 아마포처럼 세상을 덮어가네
깨진 기왓장을 다시 붙이듯

죄와 덕을 하나로 합칠 수만 있다면

나의 부모들은 모두 바다에서 죽었네
나의 아이들은 모두 바다에서 죽었네

나는 이제 더 이상 바다에 침을 뱉을 수 없네
그러니 땅에 두 배 더 많은 침을 뱉을 수밖에

복수의 운명이여,
나를 언제 육지에 데려다 놓겠느냐

오래전 지붕에서 떨어졌던 기왓장은
아직도 땅에 닿지 않았는데*

* 영화 「벤허」에서 벤허의 연인인 에스더가 그의 끈질긴 복수심을
두고 한 말이다.

메아 쿨파*

너의 목소리를 들으니 알겠구나
너는 오늘 아침 기도를 올렸구나

지하철 건너편에 앉은 사람들이
꾸벅꾸벅 졸고 있을 때
조는 척하면서 얼굴에 매달린
새 한 마리씩 죽이고 있을 때

너는 오늘 밤 기도를 올리려나
침대 머리맡엔 십자가도 없는데
너는 오늘 아무도 미워하지 않았고
아무 잘못도 저지르지 않았는데

메아 쿨파 메아 쿨파

너는 운명이라는 신의 손목 위에서
훌쩍 뛰어내리려나

열두 개의 언덕으로 몸을 감싸고
태초의 봄에 펼쳐진 벌판
엄마와 아이 둘뿐인 그곳에서
처음부터 다시 시작하고 싶다고
너는 간절한 기도를 올리려나

차가운 손바닥으로 눈물을 닦으면
너의 얼굴은 새가 앉았다 떠난 자리처럼
한없이 그윽해지려나

너의 목소리를 들으니 알겠구나
너는 하루 종일 기도를 올렸구나

메아 쿨파 메아 쿨파

너의 떨리는 목소리를 들을 때
아아, 가엾은 인류여,
되뇌는 나는

한없이 가슴이 미어지려나

* 메아 쿨파mea culpa는 천주교의 기도문으로 "내 탓이오"라는
말이다.

갈색 가방이 있던 역*

작업에 몰두하던 소년은
스크린도어 위의 시를 읽을 시간도
달려오는 열차를 피할 시간도 없었네.

갈색 가방 속의 컵라면과
나무젓가락과 스텐수저.
나는 절대 이렇게 말할 수 없으리.
"아니, 고작 그게 전부야?"

읽다 만 소설책, 쓰다 만 편지,
접다 만 종이학, 싸다 만 선물은 없었네.
나는 절대 이렇게 말할 수 없으리.
"더 여유가 있었더라면 덜 위험한 일을 택했을지도."

전지전능한 황금열쇠여,
어느 제복의 주머니에 숨어 있건 당장 모습을 나
타내렴.
나는 절대 이렇게 말할 수 없으리.

"이것 봐, 멀쩡하잖아, 결국 자기 잘못이라니까."

갈가리 찢긴 소년의 졸업장과 계약서가
도시의 온 건물을 화산재처럼 뒤덮네.
나는 절대 이렇게 말할 수 없으리.
"아무렴, 직업엔 귀천이 없지, 없고말고."

소년이여, 비좁고 차가운 암흑에서 얼른 빠져나
오렴.
너의 손은 문이 닫히기 전에도 홀로 적막했으니.
나는 절대 이렇게 말할 수 없으리.
"난 그를 향해 최대한 손을 뻗었다고."

허튼 약속이 빼앗아 달아났던
너의 미래를 다시 찾을 수만 있다면.
나는 절대 이렇게 말할 수 없으리.
"아아, 여기엔 이제 머리를 긁적이며 수줍게 웃는
소년은 없다네."

130

자, 스크린도어를 뒤로하고 어서 달려가렴.

어머니와 아버지와 동생에게로 쌩쌩 달려가렴.

누군가 제발 큰 소리로 "저런!" 하고 외쳐주세요!

우리가 지옥문을 깨부수고 소년을 와락 끌어안을
수 있도록.

* 이 시는 비스와바 심보르스카의 시 「작은 풍선이 있는 정물」을
2016년 5월 28일 구의역에서 스크린도어 정비 중 사망한 열아홉 살
소년을 생각하며 고쳐 쓴 것이다.

피

오늘날 피를 제외하고는 따스함이 없다
피를 제외하고는 붉음도 없다
피가 의미 없는 물이라고 말하지 마라

마지막 절규가 터지기 전까지
피는 이 세계의 유일한 장미
장미를 손에서 놓지 마라

예전에 우리는 노래를 함께 불렀다
여전히 같은 가사와 같은 선율
노래를 가장 잘 부르던 이들은 다 죽었다
노래를 멈추지 마라

지금까지 손이 나와 동행했다
어두운 골목에서 나를 이끌고
다리 난간에서 나를 버텨주었던 손
나는 손을 신뢰했다
사랑하는 이의 입에 밥을 떠먹였기에

내 몸 중에 가장 자주 피를 흘렸기에

장미를 손에서 놓지 마라
노래를 멈추지 마라
갓 지은 밥에서 피냄새가 나는지 맡아봐라

저 멀리서 희미한 불빛 하나가 나를 지켜보고 있다
태양이 아닌 것
그러나 태양이라고 믿는 것
그쪽을 향해 걸어가라

마음의 번민은 서로 반대인 것들이 뒤섞인 핏물
장미, 노래, 밥, 너의 손, 나의 태양……

삶은 피의 무게로 저울질될 것이다
계속해서 걸어가라
번민하며
번민을 버리며

스물세번째 인간

2009년 4월 8일, 첫번째 자살,
두번째 뇌출혈 사망, 세번째 심근경색 사망,
네번째 자살, 다섯번째 자살, 다시 자살, 또 자살,
또다시 자살,
심근경색 사망, 심근경색 사망, 자살, 자살……
2012년 3월 30일, 임대아파트 23층에서 투신 자살,
꽃망울 맺히던 어느 봄날,
스물두번째 죽음이었습니다.

스물두번째 인간이여,
첫번째 인간의 동지여,
두번째 인간의 동생이여,
세번째 인간의 친구여,
미안하오! 용서해다오!
제발 떠나지 마! 당신 없이 어떻게 살아요!
하소연하고 애원했지만 스물두번째 인간은
첫번째 인간이 그랬던 것처럼
이 잿빛 삶을 떠나 저 검은색 죽음 속으로 영원히

사라져갔습니다.

어찌된 일입니까? 도대체 어찌된 일인지 누가 말해줄 수 있나요?

스물두 명의 인간이 절망을 견디다 못해 죽었어요.

아니, 잘 모르겠어요. 좀더 자세히 말해주세요.

스물두 명의 인간이 삶과 죽음의 기로에서

살고 싶어, 너무나 살고 싶은데 말이야,

하지만 삶은 왜 이리 잿빛인지,

이건 삶이 아니야, 나는 이미 죽었는지도 몰라,

그래, 이미 죽은 거야, 흐느끼며, 중얼거리며,

눈을 질끈 감고, 감았다 뜨고, 다시 눈을 감고, 다시는 뜨지 않고

영원한 검은색 죽음 속으로 돌이킬 수 없는 한 발을 내디뎠어요.

아니, 아니, 아직도 잘 모르겠어요.

그 누가 스물두번째 죽음의 온전한 의미를 말해줄 수 있나요?

2009년 4월부터 2012년 5월까지

수많은 기념일, 휴일, 생일, 투표일, 하루하루

사람들이 자신의 선택을 자축하고,

안온한 일상을 수호하고,

행복의 방정식 안에서 맴돌며,

세계의 비참을 외면하고,

인간의 절규에 귀를 닫고 살고 있을 때,

스물두 명의 인간이 죽어갔습니다.

그들은 왜 죽어야만 했습니까?

누구든 말해주세요. 그들은 누구입니까?

내가 아는 사실 하나를 말해줄게요.

그들은 살아 있을 때 노동자였습니다.

노동자는 노예가 아니에요.

노동자는 우리가 소유한 근사한 기계들의 창조자
랍니다.

기계의 구석구석을 유심히 살펴보세요.

그들의 지문은 여기저기 찍혀 있고

그들의 땀방울은 곳곳에 배 있고

그들의 숨결은 아직도 엔진 속에서 부릉거리고 있어요.

그들은 강철과 불을 다스리는 다정한 프로메테우스였어요.

그들은 또 너무나 선량한 인간들이었습니다.

밥은 반드시 나눠 먹는 것이라 여겼고

술잔은 언제나 건네는 것이라 여겼고

동료의 어깨에 자신의 어깨를 기대면

그 사이에서 노래와 춤이 분수처럼 솟구쳤지요.

그들에게 어떤 일이 일어났는지 말해줄게요.

어느 날 자본은 구조조정이라는 명분으로 그들을 해고했지요.

그들은 싸웠습니다.

동지와, 가족과, 친구들과 함께 살겠다고,

생존권을 지키겠다고 싸웠습니다.

그들은 너무나 소박한 것을 위해 싸웠지만
저들은 그들의 모든 것을 빼앗고 파괴했습니다.
그들의 몸을 짓밟고 영혼을 유린했습니다.
그들은 몸부림치며 외쳤습니다.
해고는 살인이다! 해고는 살인이란 말이다!
그들은 싸우고 또 싸우면서 몸과 영혼이 소진됐고
삶은 잿빛으로 황폐하게 물들었고
하나둘씩 차례차례
검은색 죽음 속으로 영원히 빨려 들어갔습니다.

우리는 무엇을 해야 할까요?
죽음을 멈추고 삶을 시작하기 위해
잿빛을 초록색으로 향하게 하고
검은색을 푸른색으로 되돌리기 위해 무엇을 해야
할까요?

우리는 누군가에게 물어봐야 합니다.
어젯밤의 싸늘한 냉기 속에서

오늘 새벽의 음습한 안개 속에서
아직은, 아직은 등장하지 않은
스물세번째 인간에게 물어봐야 합니다.

스물세번째 인간이여, 당신은 누구입니까?
당신은 여자인가요? 남자인가요?
결혼은 했나요? 아이는 있나요?
당신은 여전히 해고자인가요? 아직도 투쟁 중인
가요?
당신은 혼자인가요? 아니면 혼자가 아닌가요?
당신은 또 다른 헌화와 조문을 기대하나요?
당신은 경찰과 용역과 싸우지 않으면 향불 하나
밝힐 수 없는
이 삭막한 거리의 장례식을 끝낼 수 있나요?
당신은 살 준비가 돼 있나요? 아니면 죽을 준비가
돼 있나요?

스물세번째 인간이여,

우리는 당신이 등장하길 원하지 않습니다.

당신은 등장하자마자 사망자 명단에 이름을 올릴 테니까요.

스물세번째 인간이여, 아닙니다.

우리는 당신이 등장하길 원합니다. 등장하자마자

권력과 자본의 눈앞에서 사망자 명단을 불태우길 원합니다.

당신은 스물두번째 죽음 앞에서 호소합니다.

제발, 이제 누구도 죽지 마세요.

차라리 내가 죽겠습니다, 차라리.

내가 스물세번째 인간이 되겠습니다.

그때 누군가 당신의 손을 잡고 말합니다.

아닙니다, 동지, 아니에요, 형, 아니야, 친구,

제발, 제발, 당신은 살아야 합니다.

스물세번째 인간은 당신이 아니라 나여야 합니다.

내가 스물세번째 인간이 되겠습니다.

그렇게 스물세번째 인간은 하나둘씩 늘어납니다.

열 명에서 백 명으로

백 명에서 천 명으로

천 명에서 만 명으로 늘어납니다.

스물세번째 인간이여, 당신이 누구인지 알겠습니다.

스물세번째 인간이여, 우리가 무엇을 해야 하는지 알겠습니다.

스물세번째 인간은 눈물을 흘리는 자입니다.

스물세번째 인간은 분노하는 자입니다.

스물세번째 인간은 권력의 폭력을 온몸으로 막는 자입니다.

스물세번째 인간은 자본의 횡포에 온몸으로 맞서는 자입니다.

스물세번째 인간은 스물세번째 죽음을 멈추는 자입니다.

노동자와의 연대입니다.

인간에 대한 사랑입니다.

불의를 향한 저항입니다.

해고를 멈춰라! 해고를 멈추란 말이다! 울부짖는 자입니다.

스물세번째 인간은 오늘 밤 이후 최초의 인간입니다.

우리 모두입니다. 인류 전체입니다.

이제 우리는 연대와 평등의 이 밤을
세계의 무릎 위에 아기처럼 고이 눕히고
부드럽고 떨리는 목소리로 당신을 부릅니다.

스물세번째 인간이여,
첫번째 인간의 동지여,
두번째 인간의 동생이여,
세번째 인간의 친구여,
스물두번째 인간의 부활이여,
죽음의 죽음이여,
삶의 삶이여,

이 죽음은 멈추지 않을 것입니다.

이 삶은 다시 시작할 수 없습니다.

당신이 아니라면,

당신이 아니라면.

근육의 문제

부재중 전화
그의 이름이 두 번 찍혀 있다

안부 전화거나
연대 사업에 관한 일 때문이겠지만
어쩌면 최악의 경우일 수도 있다

자살과 살인이
문장과 문단마다 번갈아
등장하는 글을 써야 할 수도 있다

진압 경찰을 노려보던 그의 충혈된 눈동자
그날 거기서 어떤 변화가 시작됐다

다른 쇠사슬에 얽매인
평등하지 않은 두 남자가
분노 때문에 계급 밖으로 동시에 도약했다

한끝을 짓밟으면
다른 끝이 몇 년 후에 절규하는
무너지는 세계 속의 보이지 않는 인과율이
우리 눈앞에 잠시 폭로됐다

내가 이름이 뭐냐고 물어보자
그는 죽은 이들의 이름을 보여주고
그중에 하나를 고르라 했다

내가 손가락으로 가리키자
그것이 그의 이름이라 했다

같은 목록에서 이제 내 이름을 찾아보라 했다
그날 거기서 어떤 변화가 시작됐다

불을 꺼뜨리는 물이 있다면
물을 증발시키는 불도 있다
무너지는 세계 속에서 뭔가 시작하려는

역설, 진동, 이끌림, 자기장의 형성

내가 군중 앞에서 떨리는 목소리로
평범한 말들에 불을 붙이듯이
내 이름이 아주 길어지거나 아예 사라지듯이
내가 동지라는 어색한 명칭으로 불리듯이

그날 거기서 어떤 변화가 시작됐다

표정을 갖는다는 것은
감정이 아니라 근육의 문제였다
자살과 살인, 죽음, 삶,
죽음의 죽음, 삶의 삶……
그 모든 것이 근육의 문제였다
근육 안에 흐르는 전기의 세기와 방향
그것들이 문제였다

그 전기는 아주 오래전

우리가 모르는 구름에서 탄생했다

우리는 언제 평상복 차림으로 만날 수 있을까요?

쾌활한 표정을 하고
마지막으로 악수를 나눌 때
순간 두 개의 쇠사슬이 부딪쳐
찌릿, 정전기가 흘렀지만

우리는 대수롭지 않게 여겼다

불모지에서의 발견들

불모지를 헤매다 빛의 반쪽을 발견했다
처음엔 누군가 먹다 버린 과일인 줄 알았다
그것은 정확히 절반이 검게 뜯겼기에
어둠의 반쪽이라 보아도 무방했고
대체로 그렇게 보는 사람들이 많았다

사람들은 빈손으로 빗속으로 내몰려
　종탑의 종이 울릴 때마다 10리씩 외진 곳으로 쫓
겨나
　범람한 물살에 손을 담근 채 삶이라 불리는
매 순간 소멸하는 재질의 벽돌을 굽고 있었다
그들의 얼굴은 오로지 깨진 유리와
절단된 철판의 면에서만 나타났으나
대체로 그렇게 다르지 않은 표정이었다

그을린 나무들의 숲속에서 나는 찾았다
그 옛날 안개의 사라지지 않은 나머지를
죽어서도 그것을 놓지 않는 측백나무의 우듬지를

거기서 밑동까지 이어진 굳은 진액의 쓴맛을

그리고 누군가 잿더미 위에 놓고 간 낡은 책 한 권
그 안에서 나는 셀 수 없이 많은 밑줄들을 발견
했다
그것은 책의 내용과 무관하게
한 사람이 자신의 고독과 맺은 고귀한 서약의 면
모였다

나는 책을 읽고 원래 자리에 다시 놓아두었다
바라건대 앞으로 책장을 넘길 모든 이의 한숨을
들이마신
책은 점차 하나의 완전한 가슴이 될 터이고
책이 어느 날 숨을 크게 내쉬면
지상의 재들은 남김없이 하늘 위로 날아갈 것이
었다
그렇기에 언젠가 하늘 위와 하늘 아래는
형제처럼 함께 영영 새로워질 것이었다

마지막으로 나는 아이들을
죽은 도시와 불탄 숲의 고아들을 보았다
아이들은 과거의 잔해들을 장난감 삼아 놀았고
숯검정이 잔뜩 묻은 알몸을
빛의 반쪽을 향해 돌리며 큰 소리로 웃을 때마다
자신들의 얼굴에서 순백의 이빨과 눈동자를
어김없이 발견해내고 있었다

국가론

국가는 어디서부터 시작되었는가,라고 교수가 묻자 나는 남한산성의 벽돌 하나가 무럭무럭 자라난 게지,라고 속으로 답했다, 학생들 표정을 살펴보니 다들 자신 없는 눈치, 누구나 그렇듯 내가 태어나서 처음 지은 표정은 울상이었다, 동네 친구들은 내가 울상을 지을 때마다 웃었다, 내 울상은 가히 독보적이었다, 우리는 옆 동네 아이들과 자주 패싸움을 벌였으나 매번 패하였다, 옆 동네 골목대장은 벽돌 공장 공장장 아들, 벽돌 조각들이 우리 쪽으로 되새 떼처럼 날아왔다, 집으로 돌아갈 때는 물론, 내가 대표로 울었다, 아일랜드 가수 시네이드 오코너는 자기네 민족이 오직 감자만 먹도록 허락받았다고 탄식조로 노래했다, 감자탕처럼 걸쭉한 아일랜드 민족의 울상을 생각한다, 그런데 국가는 과연 어디서부터 시작됐는가, 곰곰 생각한 끝에 엄마는 직장에 나가셨고 할머니가 날 도맡아서 사회화시키셨다, 할머니는 내가 위인전을 읽는 동안 옆에서 반야심경을 외셨다, 할머니의 반야심경은 내가 태어나서 처

음 들은 랩이지요!, 국민학교 입학 때 할머니는 반야
심경이 인쇄된 책받침 열 장을 선물로 주셨다, 첫 장
기 자랑 시간에 나는 교단에 서서 반우들에게 울상
을 지어 보였다, 독보적이고 싶었다, 선생이 날 똥
씹은 표정으로 쳐다보았다, 왜 그러는지 알 수 없었
지만 가섭은 부처 손에 들린 연꽃을 바라보며 미소
를 지었다, 머리 나쁜 나머지 제자 비구들의 울상을
생각한다, 다시 한 번 묻겠네만 제군들, 국가는 도대
체 어디서부터 시작됐는가, 자본주의 생산양식의 형
성에서부터입니다, 그것은 일견 타당, 바뜨, 그러나,
다소 결정론적이지 싶은데, 어떤가, 다른 변수, 예컨
대, 근대적 형법 제도의 출현을 생각해보면, 분명 시
비를 가릴 수 있었음에도 불구하고 예수는 죄 없는
자만이 이 여자를 돌로 쳐라, 하고 군중을 향해 외쳤
다, 그로부터 어언 2천 년 후 유대인들은 던지지 못
하고 손아귀에 쥐고 있던 짱돌들을 모아 이스라엘을
건설하였다, 가자지구는 국가가 아니라 언제까지나
폐허의 공사 중, 폐허의 생산양식이다, 아라파트의

152

턱수염 아래 피 묻은 코란처럼 파묻힌 영원한 울상을 생각한다. 드디어 교수는 나를 지목하며 이 질문에 대해 군은 어떻게 생각하나,라고 물어오자 당황한 나는, 얼굴 가득 울상을 짓고서, 연필을 집어 던지고 시 쓰기를 끝내버린다.

연극 「감자와 장미」를 위한 시놉시스

초능력자 시인

무능력자 아버지

무정부주의자 어머니

몽테뉴를 애호하는 시인의 이복 누나 대통령

난독증 환자 검열관

검열관: "시구 하나하나가 죄다 불꽃으로 보여요!"

감자를 훔치고 장미로 혹세무민한 죄목의 수감자들

일명 "감자와 장미의 불한당"

에비앙을 성수로 쓰는 성당

촛대 페티시즘에 빠진 신부

조용필의 「촛불」을 듣다 "그대는 왜 촛불을 키셨나요?"에서 눈물을 흘리며 회심하는 신부

빅토르 위고의 「레미제라블」 중 가장 두꺼운 4부로 벽을 부수고 탈옥하는 죄수들

촛불 시위

불붙은 촛대를 든 시인의 시 낭독: 제목은 「감자

와 장미」

　　시 낭독을 마치고 초능력으로 자신의 촛불을 끄는
시인

　　리트윗 수십만

　　좋아요 수백만

　　댓글 둘

　　바디우: "비바 코뮤니즘!"

　　지젝: 블라블라블라블라……(요약 불가능)

　　아이패드로 쌓은 바리케이드

　　밀어서 잠금 해제

　　시인의 이복 누나 방귀 냄새 나는 총격

　　탕 탕 탕

　　뿡 뿡 뿡

　　코를 움켜쥐고 쓰러지는 반란군

　　코를 움켜쥐고 분개하는 관객들

　　암전

　　커튼콜

　　박수 대신 구호

"감자는 맛이 있어 좋고 장미는 가시가 있어 더 좋다!"

분노와 환희에 휩싸여 극장 밖으로 몰려나오는 관객들

혁명 발발

경찰을 향해 불붙은 감자를 투척하며 청와대로 행진하는 군중들

시인의 이복 누나 "내가 무엇을 알겠는가" 몽테뉴를 인용하며 대통령직 사퇴

"감자와 장미의 불한당" 주도로 임시정부 수립

장미 한 송이씩 들고 귀가하는 시민들

인적 없는 거리에 널린 불탄 감자 조각들

홀로 쓰레기를 줍는 신부

무정과 다정

나 젊었을 때 무정하다 소리 간혹 들었지
남자가 그러면 그러려니
여자가 그러면 그럴 리가
그늘 따라 움직이는 마음이 무정인가 싶어
가지 성긴 나무 아래서 게으르게 놀았지

나 나이 들어 다정하다 소리 간혹 들었지
어른이 그러면 그러한가
아이가 그러면 정말 그러한가
뼈를 따라 움직이는 손이 다정인가 싶어
메마른 연인의 등 위에서 철없이 놀았지

나 이제 무정도 다정도 아닌 병에 걸려
백주에 우산 쓰고 앉아 지나는 사람들에게
그래 나 미쳤다 시비나 걸고 싶고
그러다 아는 이 만나면
손잡고 영화나 보러 가자 애원하고 싶고

누군가의 얼굴은 아득하고
누군가의 손은 스산하고
둘이 만나 조용히 등 맞대는 일이 인연이라며
백 살 먹은 현자마냥 눈매가 고와지면 좋겠고

나 오늘 문득 떠올리지
비탈에서 집으로 기운 키 큰 은행나무를
친구들과 도끼로 찍던 날
쇠와 나무를 한꺼번에 정복한 날
잘린 둥치에 서로의 이름을 새겨 넣고
다 함께 함성을 질렀지

아아, 나의 그리운 옛 친구들
누구는 아토피에 걸려 살고
누구는 유토피아 꿈꾸다 죽고

나 오늘 무정도 다정도 아닌 마음으로
죽었는지 살았는지 모르는 친구에게

손편지를 정성스레 쓰노라면

손마디 하나하나

빈 들의 아기 무덤처럼 한없이 쓸쓸해지지

IV

침들의 시간

그가 그녀의 손등에 묻은 자그마한 얼룩을
자신의 침으로 닦아줄 때

그녀가 자신의 손등에 묻은 끈적이는 침을
화장실 휴지로 닦아낼 때

닦아주고 닦아내는
구원받고 버림받는

못 견디게 더러운
더럽도록 숭고한

언제나 예상보다
너무 이르게 혹은
너무 늦게 도착하는

서로 다른
침들의 시간
침들의 시간

오늘의 야구

언제나 훈계조인 너의 키스
나는 입술로 듣고 혀로 이해할 뿐
당신은 후회가 너무 많군요
그것은 내 탓이 아니다
늙어가는 눈동자 너머에 사는
늙지 않는 선수 탓이다
도무지 포수를 믿지 않는 투수처럼
너는 나를 보며 고개를 가로젓는다
너와 나 사이에 파탄이 파다해진다
어디서부터 무엇이 잘못됐는가, 그러나
오늘은 오늘의 야구에만 몰두하자
사구(死球)로 진루하는 타자는
아프면서 기쁜 표정
외야 잔디에 어리둥절한 새들도
날아오를 때는 여왕의 자태
우천으로 순연된 경기처럼
이별의 순서는 기약이 없다
다이아몬드 모양으로 조각난 하늘 아래

우리는 서로를 꼭 끌어안는다

사랑해서가 아니라

조금이라도 덜 젖기 위해서

우리는 서로에게 점점 나쁜 향기가 되어간다

빗물에 젖은 우리의 발은

빗물에 젖은 베이스처럼 폭신해져가고

오늘의 야구는 오늘로 끝나버리고

미래의 여보

어느 날 아침
저혈압과 저기압이 내 이마 위에서 만나
나는 토성처럼 한없이 우울해졌습니다

"여기서 절대 나오지 마라"
밤새 꾼 악몽이 스며든
베개 속의 작은 구름에게
협박인 듯 호소인 듯
나는 애매하게 속삭였습니다

나는 평생 자면서 이를 갈았습니다
나는 밤에 자주 외롭고 분했고
아침에는 턱이 아파 서러웠습니다

나는 언젠가
나보다 유순하게 이를 가는 여자와 살고 싶습니다
우리는 단순하게 잠들 수는 없겠지만
대화라면 새벽까지 끝없이 이어질 겁니다

여보, 당신은 왜 시를 쓰나요?
여보, 당신은 왜 그리 걱정이 많나요?
여보, 당신은 왜 가끔 돌처럼 굳어버리나요?

여보, 나는 무척 피곤하구려
여보, 어둠 속에서 빠드득 소리가 나면
내 턱을 살짝 쓰다듬어주구려
이렇게 말이요

내가 여자의 턱을 쓰다듬으면

여보, 염려 말아요
여보, 아무 염려 말아요

말하던 여자는 어느새
꾸벅꾸벅 개밥바라기처럼 졸면서
뽀드득뽀드득 이를 갈고 있을 겁니다

엔트로피 길들이기

내가 밤늦게 귀가하면 그것은
매번 다른 귀퉁이에 웅크려 곤히 잠들어 있다

나는 그것을 바라보며 생각한다
'내 방엔 참 오묘한 꼭짓점들이 많이 있구나'

그것은 잠에서 일어나자마자 나에게
아니오,라고 말한다

그러면 나는 방 밖으로 나가 아내에게
아니오,라고 말한다
아내가 뭔 소리냐 물으면
어젯밤 이상한 책을 읽었다고 답한다

그것은 책이 아니다
어느 날 아침 창문으로 들어왔기에

그것은 빛이 아니다

오후에 창문을 들락거리며
방이 지정한 부피의 할당량을 채우지 않기에

그것은 소망이 아니다
새벽에 방바닥에 엎드려 울부짖지 않기에

그것은 열정이 아니다
휴일에 내가 음악을 듣다 갑자기 일어서서
"반드시 소설을 쓸 거야!" 외치면
내게 경멸 조의 시선을 던지기에

나는 그것이 무엇인지 모른다

처음에는 알았던 것 같다
내 방에 우연히 날아든 작은 새였던 것 같다
나는 새에게 인사말을 건넸다
"넌 참 오묘하게 생겼구나"

그것은 새가 아니다
그 새를 두 번 다시 보지 못했기에

나는 그것에게 따지듯 묻는다
도대체 내 방에서 무엇을 원하는 거냐고

그러면 그것은 아이처럼 훌쩍거리며
방 전체로 번져간다
한 방울의 잉크가 물속에 골고루 퍼지듯이

잃어버린 10년

2005년부터 2014년까지
그러니까 정확히 10년 동안 잃어버렸던 후각을
침대에 누워 있던 어느 날 밤 되찾았다

어떤 냄새가 내 코를 자극했는데
나는 그것이 몸속의 것인지 몸 밖의 것인지
정말 냄새이기나 한 건지 알 수 없었다

처음에는 꿈이 내게 얄팍한 속임수를 쓴 줄 알았다
이보라고. 너의 콧속에서 지금
아주 작은 짐승이 태어나고 있어
어서 확인해보라고!

그러나 나는 깨어 있었고 이내 어안이 벙벙해졌다
10년 동안 사막을 홀로 떠돈 나그네의 눈앞에
사람이 나타나건 개가 나타나건
악령이 나타나건 천사가 나타나건
그에게 드는 첫번째 감정이란 필시 경이로움 아니

겠는가

　　나는 냄새를 다시금 맡기 시작했다
　　오랫동안 곁을 내준 옛 벗인 양 친근한 것들부터
　　어머니의 장항아리, 창고에 쌓아둔 가구, 1980년
대의 교양서⋯⋯
　　그러나 그 어떤 것도 프루스트의 마들렌처럼 나를
과거로
　　그토록 아름다웠던 과거로 데려가지 못했다

　　이 후각적 사태를 시각적으로 풀어보자면
　　마치 찰리 채플린의 「시티 라이트」를
　　풀 컬러 유성영화로 보는 느낌이었다
　　낡은 지팡이, 통 넓은 바지, 꽉 끼는 프록코트는 그
대로였지만
　　그는 슬퍼 보이지 않았다
　　그는 미국에서 스위스로 추방당한 무국적자가 아
니었다

또한 나는 냄새나는 사랑하는 여인의 품에서
냄새나지 않았던 옛 애인들을 떠올렸다
냄새만 오로지 냄새만 맡게 해달라는
터무니없이 분명한 이유로 그들을 찾아간다 해도
이미 모든 것이 변했을 것이다
노화를 숨길 수 없는 그들의 주름진 피부에는
다른 남자들의 체취가 깊이 배어 있을 것이다

그리고 아버지의 냄새
아버지의 냄새를 말하지 않을 수 없다
10년의 기간 어느 해 아버지는 돌아가셨다
이후 나는 아버지의 옷가지를 꺼내 입기 시작했다
겨울에는 아버지의 헐렁한 내복까지 입었다
그것은 애니미즘과 페티시즘을 뒤섞은
아버지를 향한 나만의 기이한 애도 방식이었다

나는 아버지의 옷들에 코를 파묻었다

아아, 그러나 어머니는 그것들을 너무 자주 세탁기에 돌리신 것이다!

아버지의 냄새는 좀벌레가 옷 여기저기에 파놓은
눈곱만 한 구멍들로 자신의 부재를 증거하고 있었다
그렇다면 집 안의 좀벌레들을 찾아보자
녀석들의 작고 하얀 주둥이에 묻은 망자의 잔향을
맡아보자
아아, 그러나 알고 보니 좀벌레의 수명은 최대 3년
에 불과한 것이다!

물론 새로운 냄새들이 있었다
신제품들의 냄새, 새 지폐의 냄새, 시청 신사옥의
냄새……
나는 그것들에 금방 익숙해졌고
사소한 구원처럼 그것들을 즐겼다
10년 후에 비로소 정체를 드러낼 그 악취들을
나는 냄새의 얼리 어답터처럼 소비했다

나는 안다
세계가 돌이킬 수 없이 변한 건
새로이 나타난 냄새 때문이 아니라
영원히 사라진 냄새 때문이라는 것을
내가 비록 후각을 되찾았지만
냄새는 결코 되찾을 수 없다는 것을
추억이란 냄새의 경이로운 속임수
시간의 구멍에서 꺼내
허공으로 날리는 흰 비둘기라는 것을

나는 깨 있을 땐 냄새를 맡지만
꿈에서는 후각을 다시금 잃어버린다
나는 찾아 나선다
수명이 10년은 족히 넘는 좀벌레 한 마리를
10년 동안 사라진 세계의 모든 냄새를
아직도 배 속에서 소화시키고 있는 그 고귀한 벌
레를
매일 밤 꿈속에서 찾고 또 찾는다

대유행

그는 거울을 보며 생각했다
자신의 처지가 승진이냐 전역이냐
기로에 선 대령 같다고

그는 어디선가 들었다
군인의 세계에선
꿩 대신 닭 대신 총 대신 수염이라는 속담을 쓴
다고

그는 수염을 기르기 시작했다

어머니가 묻는다
수염은 언제 깎을 거냐

그는 말한다
멋있잖아요

내가 세상을 뜨면

그때 길러라

어머니, 제 수염은 유행이 될 거라고요

그래, 네가 너 자신을 계속 따라 해서
나날이 더러워지는 것이 유행이라면

어머니는 신문을 내려다보며 한숨을 내쉰다

기사 제목을 보니 "미국 조기 금리 인상"이다
그는 생각한다
늙을수록 어머니의 관심사가 글로벌해진다고

그는 자기 전에 항상 성심껏 일기를 쓴다

"나는 평생 불안에 떨었다.
내게도 좋은 친구들이 있었다.
그들은 간혹 내게 선물을 줬다.

장난감은 받자마자 부서졌고
책자들은 받자마자 찢어졌다.
내가 손을 너무 심하게 떨기 때문이라고
고개를 저으며 그들은 하나둘씩 떠나갔다."

그는 거울을 보며 거수경례를 한다
옛 친구들을 떠올리며
손끝을 파르르 떨며

그는 방 안에서 자신만의 세계를 창조했다
떨리는 시, 떨리는 노래, 떨리는 무대……
그는 자칭 전율의 장인이 되었다

그는 확신한다
언젠가 자신의 예술을 공개하면
세상이 난리가 날 거라고
남자고 여자고 죄다 수염을 기르고
온몸을 부들부들 떠는 것이 대유행이 될 거라고

어머니는 자기 전에 항상 눈가의 물기를 닦는다
어머니는 자다 갑자기 온몸을 부들부들 떤다

이 집에서 대유행이 창궐하기 시작한 건
이미 오래전 일이다

천도재 이후

1

아버지 천도재를 지낼 때 여러 개의 향불을 켰다

그날 만난 지인들에게 일일이
내 손가락 냄새를 맡아봐달라고 부탁했다

알잖아요 나 냄새 못 맡잖아요

사람은 사라질 때 어떤 냄새를 남길까요

다들 그냥 향냄새라고 했다

2

혼자서 기차를 타고 역들을 지나칠 때
가끔 스스로에게 질문을 던진다

내가 밀양 출신에게 죄를 지은 적 있던가
내가 경주 출신에게 죄를 지은 적 있던가

기차가 멈췄을 때 내리지 않으면 왜 죄책감이 들까

가끔 내 자신이 처량할 때가 있다
처량하다…… 할 때 처량은 여자 이름 같다

가끔 내 자신이
이름을 잊어버린 늙은 여자이거나
그녀가 잘못 내린 역의 늙은 역장 같다

3
내가 죽어 누워 있을 때*
내가 지은 죄는 누가 속죄해줄까

4
천도재 이후 새로 생긴 역이 있을 것이다
아버지가 돌아가신 것과 상관없이

대속(代贖)이라는 이름의 역이
밀양과 경주 사이에 생겼을지도 모른다

5
천도재를 지내고 얼마 후 새벽 산에 올랐다
지붕마다 향불 연기가 피어오르는 것을 내려다보
았다

손에 온기가 오래갔다

사라진 냄새들이 나 몰래
손아귀 안에 모여 있구나 짐작했다

합장하고 하산했다

6
그날 이후

어떤 결심도 하지 않고
꿋꿋이 살아간다

* 윌리엄 포크너의 소설 「As I lay dying」의 한글 번역 제목이다.
올바로 번역하면 "내가 누워 죽어가고 있을 때"가 맞다. 그러나 나
는 잘못 번역된 제목이 더 맘에 든다.

강아지 이름 짓는 날

오늘은 온 식구가 모인 날이다.
조만간 집에 들일 새 강아지 이름을 짓기 위하여.

지금 같이 사는 개는 한국어와 산스크리트어를 조합한
"잘생긴 보살Minami Lama"이라는 이름이다.

당시 어머니는 "개는 개일 뿐"이라며 반대했지만
나는 "개에게도 불성이 있다"고 고집했다.

오늘 어머니는 "검둥이"가 어떠냐 물었다.
우리는 새 강아지의 털 색깔은 갈색이라 답했다.
어머니는 알고 있다고 말했다.

검둥이는 우리 집에서 기른 첫번째 개의 이름이었다.
일종의 수미쌍관이라고나 할까.
어머니에겐 새 강아지가 마지막 개가 될 수도 있

으니까.

여동생은 "그렇다면 브라운Then Brown"이 어떠냐 했고
나는 말없이 고개를 가로저었다

인공지능을 전공한 남동생은 "야생지능Wild Intelligence"이 어떠냐 했다.
잠자코 이야기를 듣고 있던 제수씨는 "커피 한잔" 어떠냐 했고
나는 잠시 혼란스웠지만 이내 "좋지요"라고 답했다.
(사실 제수씨는 개 이름 하나에 고상을 떠는 우리 셋에 재치 있게 한 방 날린 것이다.)

식구들이 커피를 마시는 동안 나는 사진 한 장을 생각했다.

다섯 살 무렵의 나랑 그때 키운 강아지가
옛집의 마당에서 함께 잠든 모습을 아버지가 찍은
사진이다.

이름도 기억나지 않는 그 강아지는 다 자라기도
전에
자기보다 몸집이 몇 배나 큰 개와 싸우다 물려 죽
었다.
지금 생각해보면
뭔가 아버지와 비슷한 운명이었던 것 같다.

아버지는 죽은 개를 집 앞 공터에 묻고
삽을 땅에 꽂아 세워놓고는 긴 묵념을 올렸다.

어른이 된 후 가끔 그 장면을 떠올리면 "숭고"라는
단어도 함께 떠오른다.

나는 강아지 이름으로 "숭고"가 어떠냐 물었다.

식구들은 뭔 소리냐 물었다.

나는 롱기누스의 「숭고에 관하여Peri Hypsos」를 인용하여 숭고란 "한순간 벼락처럼 출현하여 모든 것을 가루로 부숴 흩날려버리고 독자를 황홀경에 가까운 경탄에 빠뜨려 시인에게 불멸의 명성을 가져다주는 말의 위력"*이라고 말했다.

다들 말없이 고개를 가로저었다.

어머니는 말했다.
"애야, 네 말을 정확히 이해할 사람은 우리 중에 아무도 없구나. 하지만 아버지가 살아 계셨다면 적어도 그렇게 말하는 너를 자랑스러워했을 거다. 그러고는 나중에 친구들과의 술자리에서 틀림없이 "여보게들, 숭고가 무슨 뜻인지 아는가?"라고 물었을 거다."

여동생이 물었다. "아버지라면 강아지 이름을 뭐라고 지었을까?"

남동생이 답했다. "우리 뜻대로 하라고 했겠지."

어머니와 제수씨는 말없이 고개를 끄덕였다.

오늘은 강아지 이름을 짓기 위해 온 식구가 모인 날이다.

고인의 뜻을 마음 한구석에 새기고

우리는 밤이 늦도록 토론을 이어간다.

* 『시학』(아리스토텔레스 외, 천병희 옮김, 문예출판사, 2002, p. 267) 중 일부를 변형했다.

다시 아버지를 생각하며

아버지는 생전에
사농공상(士農工商)을 다 거쳤다
산전수전(山戰水戰)까지는 아니고

아버지는 어린 내게 영국식 영어를 가르쳤다
낫[nɑt] 놓고 놋[nɒt]이라 했다

아버지는 내가 신춘문예에 당선되자
KBS라디오국에 전화를 걸어 인터뷰 요청을 요청
했다

아버지와 나는 한 번도 술잔을 나눈 적이 없다
둘 다에게 엄습할
둘 다 견딜 수 없을
어떤 적막함의 예감 때문이었으리라

아버지는 평생 아버지식으로 살았다

유학 시절 우울증 치료를 받을 때
상담사가 물었다
인생에서 가장 두려운 것이 무엇이냐고

나는 주저 없이 대답했다
아버지처럼 사는 거요

상담사가 말했다
아버지처럼 살 수도 있어요

그 자리에서 상담사를 죽여버리고 싶었다

아임 낫 마이 파더!

상담사는 아름다운 백인 여자였다
물론 그래서 죽이지 못한 건 아니었다

아버지는 평생 아버지식으로 살았다

그게 비극으로 치달으리라는 것을
식구들은 진즉부터 알았다
물론 아버지 자신도

아버지는 프랑스식으로 떠났다
작별 인사도 없이 거만하게

아버지는 불교식으로 떠났다
앉은 채로 숭고하게

시에 아버지 이야기는 안 하려 하는데 쉽지 않다
시 말고는 아버지 이야기 할 데도 없다

이 시에서 아버지를 열일곱 번 아니 열여덟 번 언
급했다

스무 번을 채운다 한들 뭐가 달라지겠는가

효도도 애도도 불충분했다

다 아버지 탓이다

아니 내 탓이다

아니 아버지 탓이다 끝

                        끝내 스무 번을 채웠다

역시 달라진 것은 없고

이 시는 그저 그렇고

                        나는 내 식으로 서럽고 서러

울 뿐이다

복화술사의 구술사

　그는 의자 등받이에 파묻혀 지팡이 끝을 매만지고
있다. 등 뒤에선 시간이 그의 뒤통수를 대놓고 깨무
는 중이다. 모든 사물에 깊은 구멍을 남겼던 악명 높
은 송곳니는 시간의 늙은 잇몸에서 빠진 지 오래다.
"내 뒤통수를 무른 호박처럼 깨물고 있는 시간이여,
차라리 내가 너를 깨물고 싶지만 네 머리에서 풍기
는 구린내는 도저히 참을 수가 없구나."

　죽음은? 죽음은 시간의 몫이 아니다. 그의 몫도 아
니다. 죽음은 그저 죽음의 몫이다. 그는 죽음에게 얼
마를 빚졌는지 모른다. 죽음은 어느 날 그를 찾아와
그에게 언제까지 얼마를 되돌려줄 수 있는지 묻지도
않고 단번에 큰 낫을 휘둘러 그의 목을 칠 것이다. 그
때 시간도 그와 함께 죽을 것이다. 그는 상상만으로
도 통쾌하다. "시간이여, 나는 이제 두통도 사라져 편
안히 관 속에 누울 수 있지만 너는 누울 곳 하나 없구
나. 내 머릿속에다 평생 허방을 판 원수 놈아."

194

죽음은 사람들에게 목숨을 꿔주고 탕진케 하고 탕감할 기회도 안 주고 그들을 죄다 죽여버린다. 죽음은 발정기도 갱년기도 없는 우주 최고의 냉혈한이지만 우주에서 가장 가난한 채권자이기도 하다. 그렇다면 그토록 가난한 죽음은 어떻게 살지? 죽음은 누구의 채무자지? 죽음은 누가 죽이지? 아마도 죽음은 종말과 함께 죽을 것이다. 그때 종말도 죽음과 함께 죽을 것이다. 그 누가 시간의 썩은 시체가 풍기는 악취를 견디며 영원히 홀로 지낼 수 있겠는가?

그가 이런 궤변을 늘어놓는 이유는 단순하다. 너무나 외롭기 때문이다. 그는 부인도 자식도 없이 늙어간다. 머리는 총명하고 마음은 여린 어느 이웃은 그를 "두 사람으로 이루어진 한 사람"이라고 부른다. 그가 복화술에 능하기 때문이다.

그는 오래전 주목 묘목을 입양했다. 그는 나무가 자라자 가지들을 자르고 다듬어 이쑤시개로 사용했

195

다. 그는 하루 종일 이쑤시개로 이빨 사이를 후벼 팠
다. 이빨 사이에 박힌 이쑤시개 조각을 파내기 위해
이쑤시개를 사용해야 할 정도였다. 그는 그것이 나
무와 이쑤시개와 이빨 사이의 선순환이라 믿었다.
결국 나무는 말라 죽고 잔가지도 다 떨어져 덩그러
니 한 토막의 막대기만 남았다. 그는 그것을 지팡이
로 삼았다. 그리고 지팡이와 대화를 시작했다.

그 여름날 부채처럼 펼쳐진 종려나무 아래서
그녀를 넋 놓고 바라볼 때
내 손에 쥔 아이스크림이 녹아내려
그녀의 꽃무늬 치마 위에 덩어리째 떨어졌지

아니 무슨 소리야
당신은 평생 연애 한 번 못 했잖아

아아, 그립구나 내 아들딸들아

196

아니 무슨 소리야
당신은 평생 남자 구실도 못 했잖아

그는 외로움 때문에 지팡이와 대화를 나누지만 지팡이는 매번 비아냥거림으로 대꾸한다. 그는 잘 알고 있다. 지팡이의 오만불손은 자신의 사지를 이쑤시개 따위의 소모품으로 전락시킨 데 대한 복수인 것이다.

그는 지팡이와 함께 병원에서 요양원으로 골목에서 외곽으로 외곽에서 더 먼 외곽으로 걸어 다닌다. 걸을 때보다 지팡이에게 말을 할 때 그의 호흡은 더 가빠진다. 그는 죄수가 양팔을 뻗어 감방 벽을 있는 힘껏 밀어붙이듯 절실하게 자신의 인생 이야기를 지팡이에게 들려준다. 그럴 때 그의 음성은 철필처럼 공기를 가로질러 깃털처럼 지팡이에 가닿는다.

내 인생은 희미한 점으로 태어나 더욱 희미해졌지

하지만 나에겐 아직 한 개의 짙은 어둠과 두 개의
선명한 구멍이 있어
그것들은 시간이 한때 나와 우정을 나눈 친구였을
때 준 선물이야
시간은 말했지
그것들로 언젠가 너만의 시작과 끝을 만들어봐
나는 한 개의 어둠과 두 개의 구멍으로 터널을 만
들 생각이야
그리고 그 안으로 걸어 들어갈 거야
그 안으로 들어가면 저 멀리 희미한 빛이 보이겠지
걸어갈수록 빛은 점점 선명해지겠지
나는 어둠을 통과해 빛에 다다르겠지
그때 터널 끝에서 나를 기다려줄 수 있겠니?

당신이 최대한 빨리 나온다면 한번 생각해보지

아, 그건 좀 힘들 거야
터널 속으로 들어간 기차를 떠올려봐

언제나 예상보다 늦게 나타난다고
보이지 않는 것을 기다리는 건 늘 그런 식이야
그래도 터널로 들어간 모든 것은 결국 터널 밖으로 나오게 돼 있어
그러니까 나를 기다려주겠니?

멍청하긴, 나는 혼자 걸을 수도 혼자 서 있을 수도 없다고

그는 지팡이가 그렇게 나올 줄 알았다. 그는 의자에서 일어나 지팡이를 짚고 발걸음을 부엌으로 옮긴다. 그는 레인지에 불을 켜고 우유를 데운다. 젊은 시절 보았던 영화의 한 장면이 떠오른다. 컴컴한 터널 안에서 주인공이 무릎을 꿇고 흐느끼는 장면이다. 그는 조금씩 뜨거워지는 우유를 바라보며 흐느낀다. 그 주인공보다 더 처절하게 흐느끼려 노력하며 흐느낀다. 우유가 끓기 시작한다. 우유 거품들이 작은 폭죽처럼 터지고 우유의 흰빛은 점점 선명해진다. 우유는 끓다가 넘쳐흐른다. 계속 넘쳐흐른다. 흐느끼는 소리는 멈췄다. 부엌 타일 위에 낡은 지팡이 하나가 쓰러져 있다.

고통 여관의 마지막 일지

세상의 온갖 고통들이
산과 강을 건너 나에게 몰려오네

귀에서 이명이 사이렌처럼 울리고
목에서 천식이 광대처럼 날뛰며
그들을 요란스레 맞이하네

침착하라, 내 몸의 북쪽 세포들아
더욱 침착하라, 내 몸의 남쪽 세포들아

갈비뼈는 튼튼한 목책처럼 그들을 에워싸고
팔다리는 용감한 사왕(四王)처럼 그들을 지켜주니
오늘 밤 내 혀는 용암처럼 뜨거우나
내뱉는 말들은 짐짓 온화하겠네

나의 형제자매들이여,
오늘 저녁의 노을은 끌어당기기엔
너무 멀고 거대한 이불이나니

지평선에 더 가까운 이들에게 양보하세

어젯밤 내 가슴에 머물렀던 고통들
내 심장 속 붉은 일지에 따르면
저들은 새벽 일찍 일어나
광막한 평원을 향해 들개처럼 내달렸소

나의 형제자매들이여,
오늘 밤은 맘 편히 쉬시오
찬장에는 약도 많고
책장에는 책도 많으니
맘껏 꺼내 일용하시오

오오, 저기 마지막 고통의 사신이 도착하네
입은 옷이 갈래갈래 찢어져 사방으로 휘날려
마치 여러 명처럼 보이지만
실은 단 한 사람
내가 잘 아는 늙은 시인이라네

우리는 오래전 홍수 난 강변에 망연히 함께 서서
여울목 위로 솟구치는 죽은 짐승들의 다리를 세
었네

그는 내게 말했네
저 뒤집힌 숫자들의 끝없는 행렬을 보시오
그 어떤 연산 법칙도 쓸모없는 제각각의 시체들을
보시오
저것이 자연이라 불리는 끔찍한 수학의 실체요
나는 죽은 후에야 영원한 평화 속에서
수(數)없이 많은 책들을 읽게 될 것이오*

그는 오늘 내게 말하네
나의 첫째 아들과 동갑인 나의 형제여,
당신이 떠난 후에도 죽은 짐승들은 한없이 늘어
났소
범람한 강물은 서서히 가라앉았고

온 담벼락에 그어진 기름띠를 따라 여기까지 오게
됐소
이 가련한 노인네에게 책과 약을 건네주시오
이 야윈 손을 생의 마지막 문고리로 이끌어주시오

나는 그에게 말하네
나의 죽은 아버지와 동갑인 나의 형제여,
곧 차례가 올 것이오
그대는 어느 저녁의 노을을 머리끝까지 덮을 것
이오
아무도 그 웅장한 금빛 이불을 앗아가지 못할 것
이오
그러니 지금은 내 곁에 앉으시오
부디 웃음을 되찾고 모닥불을 지피시오

내 심장 속 붉은 일지에 따르면
고통과 책과 약이 가득한 이곳은
조만간 커다란 불길에 휩싸일 거라네

나의 순진한 투숙객들이여,
고통의 동갑내기들이여,
불 속에서 그대들의 눈동자는 유리처럼 부서져
정작 그 황홀을 만끽할 수 없으리니

부디 오늘 밤 내 심장의 안쪽을 펼쳐 보시길
그대들을 위해 미리 기록해둔
붉은 일지의 마지막 장을 꼼꼼히 읽어보시길

만물이 재가 되어 날아오르고
만인이 새가 되어 불타오르는
폐허의 첫 장면이 거기 빠짐없이 담겨 있으니

* 프랑스의 시인이자 비평가 클로드 무샤르는 내게 "나는 죽어서
영원히 읽을 것이다"라고 말했다.

v

마치 혀가 없는 것처럼

한동안 혀 없는 이들을 위한 시를 구상했었다.
살면서 혀 없는 이들을 만난 적 없으나
소리 내어 시를 읽을 수 없는 그들의 처지를
떠올리며 비애감에 젖은 적은 왕왕 있었다.

혀가 없는 사람들
노래라면 허밍으로 부르겠으나
시라면 어찌 읽을 수 있겠는가?

나는 어학자인 친구에게 자문을 구했고
그는 아래와 같은 답을 주었다.

"혀 없이 가능한 발음은 모음, 순음, ㅎ 정도일 것 같지만 실은
모음을 발음하는 데도 혀의 높낮이를 조정하는 것이 필요해.
'ㅣ, ㅡ, ㅜ'는 혀가 높고 'ㅔ, ㅓ, ㅗ'는 그보다 낮지.
혀의 위치가 가장 낮은 것이 'ㅏ'야.

결국 'ㅏ'가 혀 없이 발음 가능한 모음일 거야.

입술을 둥글게 하는 'ㅜ'나 'ㅗ'도 가능하다고 생각할 수 있지만

이 경우에도 혀가 입 안쪽에서 기능을 해야 하니까 실은 쉽지 않아.

그럼 결국 남는 것은 'ㅏ'와 순음, ㅎ 정도일 듯하네."*

나는 결국 위의 구상을 포기하고 말았다.

아, 마, 바, 빠, 파, 하.

여섯 단어로 시를 쓸 수 있는 가능성은 제로에 가까웠다.

그렇게 폐기 처분된 구상은

최근 일련의 우연한 독서로 인해 다시금 기억 속에서 꺼내졌다.

대니얼 헬러-로즌의 『에코랄리아스』에는

혀 없는 이들이 혀 있는 이들 못지않게

다양한 발음을 구사하며 말을 하는 일화들이 소개
된다.

헬러-로즌에 따르면 혀 없는 이들의 말은

"아주 먼 곳, 혹은 깊은 땅굴 속 어딘가에서 들려
오는"

"정체불명의 소리를 내면서 계속 살아"**가는 언
어의 존재를 드러낸다.

비슷한 시기에 읽은 W.G.제발트의 『아우스터리
츠』에는

가스토네 노벨리라는 인물이 등장한다.

제발트는 클로드 시몽의 『식물원』을 읽다 그에 대
한 언급을 발견했는데

시몽에 따르면 2차 세계대전 때 수용소에 감금됐
던 노벨리는

종전 직후 남미의 오지로 이주했다.

노벨리는 그곳에 정착해 원주민들과 지내면서

"모음만으로 이루어진, 무엇보다 무한히 변형되는 억양과 강세를 가지는 A"***만으로 이루어진 사전을 만들었다.

내가 보기에 노벨리의 A는 헬러-로즌이 예시한 언어,
혀의 생물학적 언어학적 한계를 넘어
발화되고 전승되는 수수께끼 같은 언어와 다르지 않다.

나는 상상한다.
내 입속의 제발트의 입속의 시몽의 입속의 노벨리의 입속의 혀가
발음하는 온갖 종류의 A 또는 ㅏ를.
죄수가 지하 감옥의 바닥에 누워 밤마다 다른 꿈을 꾸듯
입속의 가장 어두운 구석으로 쪼그라든 혀가
이리저리 뒤척이며 빚어내는 온갖 종류의 모음과

자음을.

　나는 또 상상한다.
　나의 수호천사가 세상의 모든 책들을 미리 읽어
놓고
　나의 오만과 오류를 바로잡기 위해
　우연을 가장하여 내 발치에 그때그때 적절한 책들
을 떨어뜨려준다고.
　나는 그 책들을 집어 펼쳐 읽다 문득 깨닫는다.

　입속에 혀가 있건 없건
　언어를 쓰는 모든 이들에게는 공통의 비애가 있다.

　우리의 입속에는 눈에 보이는 혀 말고
　또 다른 혀가 숨겨져 있다.
　그것은 영혼의 바닥에 깔린
　크기는 작은 돌멩이에 불과하지만
　무게는 거대한 바위산에 버금가는

수많은 말들을 하나하나 들어 올리는 신비로운 기
중기와도 같다.

우리는 그 불멸의 혀를 사용하는 법을 모르며
용케 스스로 학습하여 사용법을 익힌다 해도
그것을 어떤 효용으로도 길들일 수 없거니와
오히려 종국에는 그 혀의 저주를 받게 돼 있다.

독자들이여, 오해 말기를.
나는 샤를 보들레르가 말한 저주,
"거대한 바닷새" 앨버트로스 – 시인에게 내려진
고매한 저주를 단순 반복하는 것이 아니다.

"시인은 구름의 군주와 같으니,
그는 폭풍우 속을 드나들고 궁수를 우습게 여기
지만,
바닥에 유배되어 조롱하는 사람들 속에 처하면
그는

거대한 날개가 방해되어 잘 걷지 못한다."****

　　나는 보들레르가 말한 앨버트로스−시인 신화의
반만 믿는다.
　　시인이건 시인이 아니건 모든 인간은
　　앨버트로스의 날개를, 그것도 한쪽만 부여받았다.
　　그것은 우리에게 창공을 격파하는
　　찬란한 비상의 능력을 부여하지 않는다.

　　우리는 그저 땅 위에 발을 붙이고
　　보이지 않는 날개를 입속에서 퍼덕이며
　　ㅎ에는 계곡의 심연을 맴도는 냇물 소리를 섞고
　　ㅜ에는 산골 오두막집의 너와 지붕을 핥는 바람
소리를 담고
　　ㅏ에는 그 집에 홀로 사는 늙은이의 한숨 소리를
곁들여 말한다.

　　후아 후우아 후우우아아

사람들은 우리의 말소리를 듣고 놀라거나 놀리기는커녕

힐끗 쳐다보고는 아무 일 없다는 듯 지나갈 따름이다.

우리에게 내려진 저주는 누구도

우리를 저주할 만큼 신경 쓰지 않는다는 것이다.

걷는 데도 나는 데도 불필요한 날개-혀를

굳이 애써 사용하는 우리네 종족은 그리하여

지상에서 사라질 운명을 끝내 피할 수 없는 것처럼 보인다.

이 같은 숙명적 비애에도 불구하고

나는 냉혹한 진화의 논리를 거스르며 불멸하는 혀의 존재를 믿는다.

이 불멸성에 대한 생각을 강박적으로 거듭한 끝에

나는 하나의 모의실험을 설계했다.

이 실험은 다음과 같은 기본적 절차를 따른다.

입속의 혀를 억압한 상태에서 말하기를 수행하라.

나는 숟가락을 입에 넣어 혀를 누른 상태에서
말하기를 시도한다.
처음에는 어학자 친구의 말대로
아, 마, 바, 빠, 파, 하, 여섯 글자만 발음할 수 있다.

나는 다른 발음들을 시도해본다.
ㅗ를 말하려 하자 숟가락의 바닥을 치받으며 혀가
올라온다.
ㅜ를 말할 때 혀의 저항은 더 거세진다.
혀의 몸부림을 진압하기 위해 숟가락으로 혀를 강
하게 누른다.
헛구역질이 터져 나온다.
숟가락의 압력과 혀의 저항을 타협시키려 애쓰며
ㅗ와 ㅜ를 말한다.

그러나 혀는 타협을 거부하며 계속 솟구친다.

마침내 포기하고 숟가락을 떼자 혀에 통증이 느껴진다.

혀의 근육이 아픈 경우가 있는가?

이빨 사이에 단단히 낀 음식 찌끼를 빼내려 할 때.

말을 많이 하면 혀가 아픈가?

노동하는 혀는 피로를 느끼지만

말하는 혀는 피로를 모른다.

말을 많이 하면 목이 아프고 머리가 아플 뿐.

말하는 혀가 온순하고 아둔하기 때문인가?

아니다. 나는 이제 안다.

내 입속에 내가 통제할 수 없는

무시무시한 짐승이 살고 있다는 것을,

뼈도 없는 그 짐승은 억누르려 하면 할수록

자신의 잠재된 힘을 발산하며 발악한다는 것을.

나는 "억눌린 혀를 위한 조음 실험"을 실행하기 위해 하나의 장치를 고안했다.

혀를 가두는 일종의 쇠우리인데, 창살은 이빨과 연결돼 있으며, 일상생활에 지장을 주지 않기 위해 착탈식으로 설계됐다.

나는 혀 감옥을 만든 것이다!

나는 제작된 장치를 가지고 실험을 반복했다.

그래도 혀는 절대 길들여지지 않았다.

오히려 혀의 근육이 더 강해지는 것 같았다.

동시에 나는 더 많은 모음과 자음을 발음할 수 있게 됐다.

1	2	3	4	5	6	7	8	9
ㄱ	ㄲ	ㅁ	ㅂ	ㅃ	ㅇ	ㅋ	ㅍ	ㅎ
10	11	12	13	14	15	16	17	18
ㅏ	ㅐ	ㅓ	ㅔ	ㅗ	ㅜ	ㅡ	Ø	?

반복 수행을 거쳐 발음할 수 있게 된 소리를 표로 만들면 위와 같다.

수학적 집합의 표현 형식을 빌려 조음을 해보겠다.

{1, 11, 1, 10}, Ø, {7, 12, 6, 7, 12, 6}

{6, 10, 1, 10, 6, 14, 10}, Ø, {6, 12, 3, 3, 10, 1, 10}, Ø, {9, 10, 3, 2, 13}, Ø, {3, 12, 6, 9, 10, 1, 13}, Ø, {4, 14, 3}

독자들은 의문을 가질 것이다.

개가 컹컹
아가와 엄마가 함께 멍하게 봄

  왜 이렇듯 알기 쉬운 문장이 아니라 이상한 부호
로 시를 읽어야 하는가?

  나는 지금도 반야심경을 읽을 때면 어린 시절 어
느 겨울날
  석유난로를 사이에 두고 나랑 마주 앉아
  반야심경을 읊으시던 돌아가신 할머니의 목소리
가 들린다.
  이 이야기는 매우 훈훈한 추억임에 틀림없지만
  혀라는 자동기계의 힘이 어디까지 미치는지를 잘
보여준다.

  혀를 억누른 채 일반적 구문으로 씌어진 시를 읽
을 때

마음은 여전히 혀의 통상적 사용법을 '상상적으로' 작동시킨다.

그때 마음의 조음 알고리즘에서 벗어난 혀의 소리는

격렬한 전투에서 칼과 방패가 부딪칠 때 나는 불꽃 튀는 마찰음이 아니라

저능아의 늘어진 혀, 돼지의 구겨진 혀, 광인의 날뛰는 혀가 내는 소리로 폄하된다.

결국 시를 자음과 모음으로 분절하고

숫자와 집합으로 변형한 후 재조합하는 것은

억눌린 혀를 장애가 아니라 재료의 한계로 취급한다는 뜻이다.

내 뜻이 통한다면 그러한 한계 안에서 시를 읽는 이는

장인적 주의력과 집중력을 발휘하여 소리들을 일일이 세공하듯 만들어낼 것이다.

독자들은 궁금해할 것이다.

17번의 Ø은 무엇인가?

침묵이다.

억눌린 혀가 만드는 침묵은 보통의 침묵과 다르다.

그것은 수면 아래 깊은 바닥에

침몰된 배가 수년 동안 누워 있는 밤바다의 적막
과도 같다.

위의 표는 완전하지 않다. 모음 ㅣ가 빠져 있고 자
음 중에는

치조음(ㄷ, ㄸ, ㅌ, ㅅ, ㅆ, ㄴ, ㄹ)과 경구개음(ㅈ, ㅉ,
ㅊ)이 빠져 있다.

나는 그중에서도 ㄴ, ㄹ을 발음할 수 없다는 사실
에 절망한다.

ㄴ, ㄹ은 가장 유희적인 소리이기 때문이다.

음소 중에 가히 예술의 경지에 이르렀다 할 수 있
는 소리가 바로 그것들이다.

닐리리야 닐리리야 니나노

나는 닐리리야를 부르려 훈련에 훈련을 거듭했으나 결국 실패하고 말았다.

오호통재라, 우리의 억눌린 혀는 아직도 놀 줄 모르고 춤출 줄 모르고 노래할 줄 모른다.

언젠가 피나는 훈련 끝에 모든 모음과 자음을 발음할 수 있게 되면

현재의 미완성 표를 완성시킬 수 있을지도 모른다.

그렇다면 그때야 비로소 "혀의 해방이 도래했노라!"고 외칠 수 있는가?

나는 아직 정체불명의 소리, 18번의 ?에 대해 언급하지 않았다.

그것은 억눌린 혀에 절대적으로 긴요한 소리이다.

그것은 무엇인가?

자유이다.

억눌린 혀가 만드는 자유는 보통의 자유와 다르다.
그것은 우리의 몸이 매 순간 세계와 만날 때
본능적으로 입에서 터져 나오는 소리이다.
만물의 형상이 희미한 음각으로 새겨진 그 소리는
처음에는 단순한 감탄사나 의성어로 제 모습을 드
러낸다.

앞서의 시에서 "개가 컹컹"은 {1, 11, 1, 10}, ∅, {7,
12, 6, 7, 12, 6}으로 변형된 후 다시 {1, 11, 1, 10},
∅, ?로 변형될 수 있다. 이러한 과정을 통해
우리는 억눌린 혀로 억눌린 혀만이 낼 수 있는 개
소리를 낼 수 있다.

그러나 독자들이여,
?는 개 소리에 머물지 않는다.
나는 강조하고 싶다.
?은 기존의 언어 체계를 붕괴시키고 새로운 언어
체계로 나아가는 강력한 벡터를 내포한다.

헬러-로즌은 감탄사에 "괴델의 불완전성 정리"를 적용하여 이렇게 말한다.

"감탄사라는 소음은 모든 언어가 제가끔 가진 소리의 집합에 속하면서 또한 속하지 않는 "요소"에 해당한다. 이 요소들은 어떤 음운론 체계에서도 환영받지 못하지만 그렇다고 내칠 수도 없는 구성원이다. 어떤 언어도 이 요소들 없이 존속할 수 없지만, 어떤 언어도 이들을 자기에게 속한 것으로 인정하지 않는다."*****

그렇다. ?는 문명의 요람이 절대 품지 않는 야만의 자식,
하지만 문명의 죄악 속에서만 태어나는 벌거숭이 천사이다.
?는 학살당한 아이의 부모가 자신의 모든 말을 담겼다 꺼내는 성스러운 울음소리,
밤새도록 숲속에 울려 퍼지는 새끼 잃은 어미 늑대의 처절한 신음 소리다.

226

    그러므로 억눌린 혀를 불멸의 혀로 해방시키는 반
란은 바로 ?에서 출발할 것이다.
    불멸의 혀가 바야흐로 제 모습을 드러낸다.
    혀는 쇠창살 아래서 이무기처럼 용틀임하며
    자신의 뼈 없는 근육을 신비로운 굴삭기 삼아
    감옥 아래 깊고 거대한 동굴을 파 들어가
    보화와도 같은 말들을 발굴해낸다.

    독자들이여,
    혀가 있어도 마치 혀가 없는 것처럼 말하고 또 말
하라.
    그러다 보면 "꼭꼭 숨은 혀"는 "드디어 나타난 혀"로
    "드디어 나타난 혀"는 "명실상부한 불멸의 혀"로
변모할 것이다.
    그때 우리의 말들은 인간의 소리, 짐승의 소리, 사
물의 소리 사이의
    모든 구별과 위계를 폐기할 것이다.

그러나 독자들이여, 명심하라.

감옥의 창살을 거둔 후에도 우리의 혀는 여전히 입속에 웅크리고 있을 것이다.

하늘을 떠받치며 하늘 자체를 바꾸는 아틀라스처럼

일어나지 않고 누운 채로 미륵 세상을 도래케 하는 와불처럼

시와 노래와 절규와 연설과 침묵과 소음을 뒤섞는 연금술사처럼

불멸의 혀는 말의 세계와 세계의 말을 동시에 바꿀 것이다.

우리는 모두 당분간 혀 없는 사람이 될 것이다. 우리는

아침마다 베개에 대고 슬픔에 입문하는 비교의 기도문을 욀 것이며

밤마다 이불 속에서 사육제의 폭소를 터뜨리다 잠에 빠질 것이다.

아직 갓난아기인 불멸의 혀는 옹알이 같은 잠꼬

대로

악몽의 미로에서 빠져나오는 길을 우리 귀에다 속삭일 것이다.

나는 마지막으로 사도 바울의 말을 인용하고자 한다.

"형제들아 내가 이 말을 하노니
그때가 단축하여진 고로 이후부터
아내 있는 자들은 없는 자같이 하며
우는 자들은 울지 않는 자같이 하며
기쁜 자들은 기쁘지 않은 자같이 하며
매매하는 자들은 없는 자같이 하며
세상 물건을 쓰는 자들은 다 쓰지 못하는 자같이 하라.
이 세상의 외형은 지나감이니라."******

바울은 "혀 있는 자는 혀 없는 자같이 하라"고 당부하지 않았다.

만약 그랬다면

바울은 혀 없는 자로서 고린도인들에게 편지를 쓰
지 못했을 것이며

그가 펜을 놓는 바로 그 순간

천국은 그의 입속에서 완성됐을 것이다.

장담컨대 그 입속의 천국은

바울이 소망했던 천국이 아니었을 것이다.

* 서울시립대학교 국문학과 박기영 교수의 의견이다.
** 대니얼 헬러-로즌, 『에코랄리아스』, 조효원 옮김, 문학과지성
사, 2015, p. 199.
*** W.G.제발트, 『아우스터리츠』, 안미현 옮김, 을유문화사,
2009, p. 33.
**** 샤를 보들레르, 「앨버트로스」, 『악의 꽃』, 공진호 옮김, 아
티초크, 2015, p. 29.
***** 대니얼 헬러-로즌, 같은 책, p. 20.
****** 『고린도전서』 7장 29~31절.

브라운이 브라운에게

American Fortune Cookie Company(AFOCOO)
고객 관리 담당자에게

저는 뉴욕 시에 거주하는 사십대 남성인 덴 브라운Then Brown이라고 합니다.

지난 몇 주간 저는 귀사의 제품과 관련하여 혼란스러운 상념에 사로잡혀 있었습니다. 이 말이 자못 이상하게 들리리라는 것을 잘 알고 있습니다. 저의 이야기는 '불만의 목소리'라 불리는 일반적인 고객의 삐딱한 태도와는 무관합니다. 오히려 반대라고 할 수 있습니다.

거짓말 하나 보태지 않고 저는 귀사의 제품을 지난 10년간 거의 하루도 빠짐없이 애용해왔습니다. '포춘쿠키'를 세상에서 제일 아끼는 사람이 바로 저, 덴 브라운이라 해도 과언이 아닐 것입니다.

그럼 본론으로 들어가겠습니다. 한 달 전쯤이었습니다. 저는 다른 날과 마찬가지로 점심으로 중국 음식을 먹었습니다. 그날은 제가 특히 좋아하는 메뉴인 마파두부를 주문했습니다. 음식은 매우 만족스러웠습니다. 알맞게 발효된 두반장의 향과 신선한 두부의 식감이 절묘하게 어울린 그날의 맛을 떠올리면 지금도 군침이 돕니다. 식사를 마친 저는 우롱차 한 모금을 마시고 상쾌한 기분으로 포춘쿠키를 집어 들어 반으로 쪼갰습니다.

그런데 과자 안에는 기이한 글귀가 담겨 있었습니다. 참고하시라고 사진을 첨부합니다.

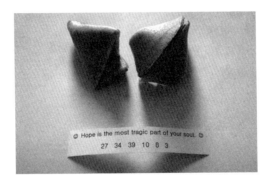

희망은 그대 영혼의 가장 비극적인 부분이다.

글귀 아래 인쇄된 복권 번호가 비극의 냄새를 덜어내려 애쓰는 것처럼 보입니다. 그럼에도 저는 위의 글귀에 적잖이 놀랐습니다.

저는 귀사가 제작한 포춘쿠키의 글귀들에서 낙관주의의 정수를 봐왔습니다. 포춘쿠키는 제 나른한 일상에 즐거움을 싹트게 하는 작지만 소중한 텃밭이었습니다. 그런데 위의 글귀는 확실히 달랐습니다. 그것은 낙관주의가 아니라 오히려 비관주의에 가까웠습니다. 절망과 우수에 물들어 있었습니다. 저는 집에 돌아와 저의 수집물인 포춘쿠키 글귀들을 살펴보았습니다.

지금까지 당신의 삶은 사과의 반쪽이다. 남은 반쪽은 아주 느리게 그러나 두 배로 달콤해질 것이다.

당신은 약하지 않다. 당신은 열 개의 손가락으로 백만 개의 머리카락을 다스려왔다. 당신이 대머리라고? 그것은 정력의 증거 아닌가!

다시 읽어봐도 포춘쿠키의 글귀들은 적확한 상징과 레토릭, 긍정과 치유의 에너지, 원숙한 지혜와 유머로 낙관주의적 세계관을 생생히 구현하고 있습니다.

저의 궁금증은 한층 더해졌습니다. "희망은 그대 영혼의 가장 비극적인 부분"이라니요. 귀사의 세계관에 모종의 심각한 균열이 생긴 것인가요? 혹은 의도치 않은 실수거나 반대로 의도된 장난인가요? 충성도가 하늘을 찌르는 귀사의 고객 중 한 명으로 저는 다음과 같은 질문을 던지고 싶습니다. 도대체 위 글귀의 정체는 무엇인가요?

귀하의 너그러움이 저의 하찮은 호기심에 성실한 답변을 베풀어주리라 기대합니다.

진심을 담아,
덴 브라운

*

친애하는 미스터 브라운에게

먼저 AFOCOO의 포춘쿠키에 관심을 기울여주신데 대해 감사의 말씀을 전합니다. 저는 1984년 이래로 AFOCOO의 CEO 겸 대표이사를 맡고 있는 폴 웡Paul Wong이라고 합니다.

제품 문의 사항은 고객 관리팀에서 처리하는 것이 관행입니다만 귀하의 질문에는 예외적으로 최고 책임자인 제가 직접 답변하게 됐습니다. 그만큼 귀하의 질문을 AFOCOO에서 진지하게 받아들였다는 뜻입니다.

먼저 AFOCOO의 역사에 대해 간략히 말씀드리겠습니다. 지금은 고인이 되신 저의 아버지 소유 웡 Shao Yu Wong은 2차 세계대전 당시 샌프란시스코 차이나타운에서 군수공장을 운영하셨습니다. 전쟁후 아버지의 사업은 위기를 겪었습니다. 전쟁이 끝낮으니 군수공장은 당연히 주문이 줄어들 수밖에 없었지요.

아버지는 회사의 위기를 애국적인 이타심으로 극복하셨습니다. 바로 포춘쿠키를 통해서였죠. 아버지는 국민들이 전쟁의 상처에서 벗어나게끔 돕는 영감을 작은 과자 안에 담고자 했습니다. 아버지는 군수공장을 과자공장으로 전환했습니다. 쉽지 않은 일이었습니다. 화약을 설탕으로 바꾸는 연금술이 기계와 사람 모두에게 적용되어야 했으니까요. 다행히 AFOCOO는 정부로부터 특허권을 인정받아 국내 유일한 포춘쿠키 생산 공장으로 자리 잡았습니다.

저 또한 문제의 글귀를 보고 아연실색했습니다. 귀하의 말씀대로 그 글귀는 매우 비관주의적입니다. 또한 그 글귀는 제 마음에 불쾌함 이상의 탁류를 불러일으켰습니다. 고인이 된 저의 아버지에 대한 모욕이었기 때문입니다.

아버지는 세상의 모든 상처받은 영혼들에게 작은 위로의 미풍을 후식으로 선사하고자 했습니다. 아버지는 스스로를 과신하지 않았습니다. 자신이 슬픔과 고통에 대한 근원적인 해결책을 제공할 수 있다고 생각하지 않았습니다. 하지만 아버지는 생전에 "그래도 노력은 해야 하지 않겠니?"라고 제게 늘 말씀하셨습니다. 아버지는 소박하지만 굴하지 않는 희망의 마음을 포춘쿠키에 담았고 아들인 저는 그러한 아버지의 뜻을 유지 및 발전시키기 위해 최선을 다해왔습니다.

저와 아버지의 명예를 걸고 말씀드리건대 그 글귀는 AFOCOO에서 작성된 것이 절대로 아닙니다. 지금껏 단 한 번도 귀하를 제외한 어느 누구도 그와 같은 엉터리 글귀에 대한 질문을 AFOCOO에 제기한 적이 없었습니다. 제가 보기에 그것은 불량품조차 아닙니다. 제 소견으로는 귀하가 발견하신 포춘쿠키, 아니 '불행의 과자Misfortune Cookie'는 누군가 악의적으로 유통 과정에 슬쩍 끼워 넣은 것 같습니다.

물론 심도 깊은 조사로 진상을 밝혀야 할 것입니다. 제 지시에 따라 AFOCOO의 법무팀은 이미 조사에 들어갔습니다. 이 사안의 처리 결과는 향후 상세히 알려드리겠습니다.

존경을 담아,
폴 윙

*

친애하는 윙 대표이사님에게

신속하고 사려 깊은 답변 감사드립니다.

제가 발견한 글귀 — "희망은 그대 영혼의 가장 비극적인 부분이다" — 가 귀하에게 모욕감을 불러일으켰다는 점에 깊이 공감합니다. 그 글을 작성한 사람은 귀사의 비전을 손톱만큼도 이해하지 못하는 사람일 것입니다. 귀사의 비전은 한 집안의 가풍을 넘어서 세계 전체로 확장해나간 위대하고도 비밀스러운 정신이기 때문입니다.

저는 귀하의 메일을 읽고 이런 생각을 해봤습니다. 포춘쿠키 안에는 보이지 않는 또 다른 포춘쿠키가 담겨 있었구나. 그 누구의 사사로운 욕망에 의해서도 깨지지 않는 포춘 속의 포춘, 쿠키 속의 쿠키가 존재해왔고 그 하나하나에는 고귀한 정신의 줄기가 드리워져 있었구나.

귀하의 메일은 바로 그 정신의 일부를 저에게 열어 보여준 것과 다름없습니다. 솔직히 말씀드리면 저는 귀하의 메일을 읽고 말로 표현할 수 없는 감격에 휩싸였습니다. 그리고 문득 제가 아끼는 포춘쿠키의 글귀 하나가 떠올랐습니다.

친구가 당신에게 큰 비밀을 고백한다면 당신도 큰 비밀 하나를 떠올려라. 하지만 아껴뒀다 나중에 고백하라. 친구가 고난에 처했을 때, 그것이 친구를 돕는 길이다.

용기를 내어 귀하에게 또 다른 질문을 드립니다.

포춘쿠키의 글귀들은 누가 쓰는 건가요?

　진심을 담아,
　덴 브라운

*

　친애하는 미스터 브라운에게

　귀하가 문의하신 정보는 저희 회사에서 일급 기밀
로 분류돼 있습니다. 포춘쿠키의 글귀들에 대해서는
수많은 추측들이 난무해왔습니다. 웡 가문이 대대
로 간직해온 선승들의 문답집이 글귀들의 출처라는
이야기는 그나마 제가 웃어넘기는 버전입니다. 가장
한심한 버전은 촘스키의 변형생성문법에 따라 한시
와 하이쿠를 조합하는 인공지능 프로그램이 글귀들
을 자동으로 작성한다는 이야기입니다. 컴퓨터에 대

한 어리석은 애착이 인간의 지성에 대한 신뢰를 저버린 이 시대의 병증을 단적으로 보여주는 사례가 아니겠습니까?

어쨌든 저는 귀하가 AFOCOO에 보여준 신의에 대한 보답으로 귀하의 질문에 답변을 드리고자 합니다. 한 가지 당부드릴 점은 제가 지금부터 제공하는 정보를 철저히 비밀에 부쳐달라는 것입니다. 이 부탁은 제가 귀하를 이미 친구로 대하고 있다는 증거이기도 합니다.

1960년 이후 지금까지 작성되어온 모든 포춘쿠키의 글귀들은 브라운 지Brown Gee라는 사람의 창작물입니다. 미스터 지는 저의 가장 오랜 친구이자 사업 파트너입니다. 실은 미스터 지가 저보다 먼저 AFOCOO에 입사를 했습니다. 저의 아버지는 제 친구의 글재주를 첫눈에 알아보았고 열일곱 살 소년이었던 그에게 입사를 권했습니다.

포춘쿠키의 글귀들에 담긴 철학과 문체는 저의 아버지와 미스터 지가 함께 수행했던 공부의 결과물입니다. 어떻게 보면 미스터 지는 아버지의 또 다른 아들이라고도 할 수 있습니다. 외동아들인 저로서는 시샘이 날 만했지만 대의를 위한 일이니 할 수 없지 생각하고 스스로를 위로했습니다.

지금에 이르러서는 오히려 미스터 지에게 고맙고 또 미안합니다. 그는 다른 곳에서 펼칠 수 있었던 자신의 삶과 재능을 AFOCOO에 온전히 바쳤습니다. 자, 이만하도록 하겠습니다. 제가 귀하를 아무리 친구로 여긴다 해도 우정을 튼 지 얼마 안 돼 이런 사사로운 이야기를 늘어놓는 것은 귀하에게 다소 부담을 줄 것 같습니다.

지금까지 우리 사이에 오간 메일과 이야기를 미스터 지에게 전달해놓겠습니다. 조만간 미스터 지가 귀하에게 연락을 줄 터이니 더 궁금한 점은 그와 직접 이야기하시기를.

우정을 담아,
폴 웡

덴 브라운에게

폴에게 이야기 들었습니다.
저에게서 뭘 알고 싶으신지요?

브라운 지

친애하는 미스터 지에게

이렇게 대화를 나눌 수 있게 돼 영광입니다. 저는 덴 브라운이라고 합니다. 저는 귀하께서 작성해온 포춘쿠키의 글귀들에서 삶을 살아가는 데 필요한 용기와 의지와 통찰을 배웠습니다. 어떤 교사도 저에게 그만한 가르침을 주지 못했습니다. 이에 먼저 깊은 감사의 뜻을 전하고 싶습니다.

　제가 묻고 싶은 것은 "희망은 그대 영혼의 가장 비극적인 부분이다"라는 글귀에 대한 귀하의 의견입니다. 과연 누가 어떤 의도로 그런 글귀를 포춘쿠키 안에 집어넣었을까요? 만에 하나 그간 AFOCOO의 철학을 비판해온 개인적이거나 집단적인 움직임이 있었다면 위의 글귀는 그러한 움직임과 직간접적인 연관성을 갖고 있는 건 아닐까요?

　물론 공식적인 조사가 밝혀야 할 문제라는 점 잘 알고 있습니다. 하지만 저는 포춘쿠키의 고귀한 정신을 설계하고 구현해온 당사자의 고견을 직접 듣는 것이 제가 발견한 글귀가 의미하는 바가 무엇인지 헤아리는 데 큰 도움을 줄 것이라 믿습니다.

　저의 주제넘은 질문이 귀하의 평온한 일상을 방해했다면 사과드리겠습니다. 답변 기다리겠습니다.

　존경을 담아,
　덴 브라운

*

    영광? 평온한 일상? 존경을 담아? 당신이 나에 대해 뭘 안다고 그런 입에 발린 말들을 지껄이는 거야? 반세기 동안 희망이니 용기니 느끼하기 짝이 없는 미사여구를 매일 세 개씩 매년 천 개씩 공산품처럼 찍어내는 노동의 비애를 당신이 알기나 해? 당신이 고귀한 정신이라고 칭하는 것의 정체가 뭔지 알아? 그건 단순 노동에 덧씌운 싸구려 가짜 금박에 불과해.

    나는 그 숱한 거짓말들을 씨부렁대다 견딜 수 없게 되면 대마초를 빨거나 딸딸이를 치면서 또 다른 거짓말들을 지어냈어. 포춘쿠키의 모든 글귀는 내가 허무에 취해 낄낄거릴 때마다 입에서 풍겨 나오는 지독한 구취 아래서 탄생했다고.

    비밀을 하나 더 알려줄까? 어차피 법무팀이 조사에 들어갔으니 조만간 비밀은 추문이 될 터이고 추문은 곧바로 증권가의 찌라시 한구석을 장식하겠지.

곧이어 AFOCOO의 주가가 추락할 테고 나는 불명예 퇴직을 당하겠지. 어쩌면 감옥에 갈 수도 있고. 하지만 난 두렵지 않아.

자, 진실을 말해줄 테니 준비 단단히 하라고. "희망은 그대 영혼의 가장 비극적인 부분이다." 그 글귀는 바로 내가 작성한 거야. 그뿐만이 아니야. 나는 백 개의 낙관적 메시지 사이에 한 개의 비관적 메시지를 끼워 넣었어. 산수를 해보자고. 50년 동안 이 일을 해왔으니까 5만 개의 행운을 제작한 만큼 5백 개의 불행 또한 제작한 거지. 당신이 발견한 글귀는 그중에 하나라고. 왜 그랬냐고?

행운을 혐오하기 때문이지. 아니 불행을 사랑하기 때문이지. 내가 말하는 불행은 행운의 패러디가 아니야. "당신은 방금 쥐고기를 먹었소. 재수 없게도" 따위의 실없는 농담이 아니라고.

불행은 차라리 적막에 가까워. 적막은 침묵이 아니야. 적막은 존재에 필요한 소리만 존재하는 상태야. 모든 존재는 죽음을 향해 나아가는 불행한 운명

246

을 타고났어. 불행의 필연, 탄생과 죽음 사이를 직선
으로 잇는 궤도에서 벗어난 모든 소리는 소음일 뿐
이야. 침묵조차 소음일 뿐이야. 봄이 오는데 쩡쩡 갈
라지지 않는 호수의 얼음을 상상해봐. 새끼가 죽었
는데 아오오 울지 않는 어미 늑대를 상상해봐. 부자
연스럽기 짝이 없지. 자연은 적막한 소리들의 무한
집합이야. 밤하늘의 별빛은 쉬지 않고 똑딱거리는
적막의 스위치야.

　누구 말마따나 태초에 소리가 있었지. 그 소리가
바로 적막이야. 태초엔 사각사각 생명이 탄생하는 소
리만이 있었어. 마지막 날도 마찬가지야. 그르렁그르
렁 숨을 깔딱대는 소리, 그다음엔 다시 사각사각 만
물이 자신의 죽은 몸을 자연의 이치에 맡긴 채 소멸
해가는 소리만이 남겠지. 적막은 우주의 알파이자
오메가야. 적막은 얼마나 불행한지, 하지만 얼마나
진실한지!

　내 말이 모순투성이라는 걸 당신은 이미 알고 있
을 거야. 행운의 메시지를 전파하면서 행복을 그토

록 혐오하다니. 그런데 그게 내 투쟁의 방식이야. 5만 개의 소음 속에 5백 개의 적막을 심어 넣기, 5백 개의 불행으로 5만 개의 행운을 교란하기.

더 기막힌 사실이 뭔지 알아? 50년 동안 5백 개의 불행, 5백 개의 적막, 5백 개의 진실을 세상에 전파했는데도 아무런 반응이 없었어. 상찬은커녕 불평도 혹평도 없었어. 나는 생각했지. 수많은 사람들이 내 글귀들을 읽었을 텐데 왜 이리 잠잠한 거지? 내 저주의 능력은 인정받지 못한 건가? 나의 말 또한 소음에 불과했던 건가? 완전 자존심 상했지. 그럼에도 난 글쓰기를 그만둘 수 없었어. 난 글쓰기 속에서만 해방될 수 있었고 유일무이해질 수 있었으니까. 나는 다시 생각했지. 그래, 이건 다른 누구도 아닌 바로 나 자신을 위한 작업이야.

솔직히 말하지. 오직 당신만이 내 글귀에 반응했어. 비록 단 하나의 글귀에 대해서였지만 지난 50년 동안 당신만이 나의 유일한 독자요, 평자였어. 내가 이런 장광설을 당신에게 쏟아붓는 것도 감사의 표현이라고 할 수 있어. 드디어 나의 재능이 누군가를 자극했구나! 그리고 더욱 고마운 점이 있어. 나는 내 비밀이 폭로되는 순간을, 나 스스로가 추문이 되는 순간을, 50년 동안의 기만으로부터 벗어나는 순간을 기다려왔어. 당신의 메일 한 통이 나에게 그 기회를 선사했지. 고마울 수밖에. 당신이 내 눈앞에 있었다면 주먹으로 명치를 가격한 다음 큰절을 넙죽 올렸을 거야.

그래도 할 말은 해야겠어. 내 글귀에 대한 당신의 반응은 그리 만족스럽지 않았어.

제가 발견한 글귀 — "희망은 그대 영혼의 가장 비극적인 부분이다"— 가 귀하에게 모욕감을 불러일으켰다는 점에 깊이 공감합니다. 그 글을 작성한 사람은 귀사의 비전을 손톱만큼도 이해하지 못하는 사람일 것입니다.

천만의 말씀, 그 글귀야말로 AFOCOO의 존재 양

식, 즉 기만과 가장 잘 어울리는 말이야. 그리고 그 글귀를 쓴 장본인인 나는 AFOCOO 역사의 산증인 이고.

이제 나는 떠날 준비를 해야겠어. 그들이 곧 들이닥 쳐 내 컴퓨터를 뒤질 테고 온갖 질문들을 나에게 던 지겠지. 내가 불명예를 즐기긴 하지만 변호사들의 멍청한 질문들을 인내할 정도로 쿨하진 않다고.

어쨌든 미스터 브라운, 진심으로 고맙네. 그러고 보니 당신의 성은 내 이름과 똑같군. 결국 브라운이 브라운을 알아봐준 셈이네. 나 원 참.

불행을 담아,
브라운 지

P.S. 그런데 당신 이름 말이야. 덴 브라운Then Brown. 아무리 생각해도 특이한 이름일세. '그렇다 면 갈색'이라니.

*

친애하는 미스터 지에게

메일 잘 읽었습니다. 아니 잘 읽었다는 말은 적절치 않은 것 같습니다. 다만 저도 제가 간직해온 비밀들을 알려드림으로써 귀하에 대한 존중의 뜻을 표하고자 합니다.

첫번째 비밀은 바로 이것입니다. 저는 불행의 메시지 중 하나만 발견한 것이 아닙니다. 저는 지난 10년 동안 행운의 메시지뿐만 아니라 불행의 메시지 또한 수집해왔습니다. 저는 그것들을 찾아 나서지 않았습니다. 그것들이 제게 왔습니다. 제가 모은 글귀들 중에 몇 가지를 아래 나열해보겠습니다.

꿈은 세상에서 가장 화려한 장례식장이랍니다. 고인은 당신 자신이고요.

구토를 하세요. 회오리 치는 성운을 변기 속에 창
조하세요. 그대, 화장실의 여호와여.

웃는 얼굴에 침을 뱉어라. 당신 아버지의 얼굴이
라면 더더욱.

오늘의 과업. 적막해지고 적막해져라. 절망이 그
대를 환대할 때까지.

세상의 모든 법이 권장하는 마약이 있습니다. 바
로 행복 추구의 권리라는 것입니다. 맘껏 처드세요.

위의 글귀들이 귀하가 작성한 글귀들이라는 사실
을 알고, 다시 말해 행운의 메시지의 작가와 불행의
메시지의 작가가 동일 인물이라는 사실을 알고 저는
큰 충격을 받았습니다. 더욱이 귀사가 자부하는 제
품보다 의도적으로 고안된 '불량품'이 오히려 장인
적 고뇌의 산물이라는 역설, 진짜가 가짜고 가짜가

진짜라는 역설이 제 몸과 영혼을 전율케 했습니다.

솔직히 말하면 저는 불행의 메시지들에 매혹됐습니다. 그 글귀들을 외면하려 애썼지만 고개를 돌릴수록 뒤통수에 또 다른 눈동자가 동굴처럼 생겨나 그것들을 자신의 내부로 빨아들이고 탐닉하는 것 같았습니다. 그렇기에 저는 행운의 메시지들을 담아놓은 흰 상자와 구별되는 검은 상자 안에 불행의 메시지들을 따로 모아뒀던 것입니다. 제가 귀사에 메일을 보낸 이유는 지난 10년 동안 간헐적으로 제가 발견한 그 아름답고도 암울한 글귀들의 정체를 알고 싶었기 때문입니다. 그리하여 저는 결국 진실에 다다르게 됐습니다.

그럼에도 몇 가지 의문이 남습니다. 왜 귀하는 기만적인 글귀들의 작성을 멈추지 않고 50년 동안이나 지속한 것일까요? 외람된 말씀이지만 실은 가짜가 존재해야만 진짜가 출현할 수 있기 때문 아닐까요? 백 개의 거짓말에 둘러싸일 때 한 개의 진실이 비로소 기적의 효과를 발휘하는 것 아닐까요? 내면의 비밀을 유지하기 위해 더 과장되게 외면의 활동을 이어가는 식으로 귀하는 그 오랜 세월 자신의 공허한 노동을 유지할 수밖에 없었던 것 아닐까요?

제가 실례를 무릅쓰고 이런 질문들을 드리는 이유는 귀하의 말씀대로 제가 귀하의 비밀을 알아본 유일한 독자이자 평자라는 사실 때문입니다. 왜 오직 저, 덴 브라운에게만 귀하의 메시지가 전달된 것일까요? 이것은 물리적인 의미에서도 그렇습니다. 검은 상자 속에는 약 50개의 불행의 메시지가 담겨 있습니다. 5백 개의 메시지 중에 50개가 저에게 왔다는 것은 확률적으로 보아도 매우 놀라운 일입니다. 귀하의 말씀대로 브라운이 브라운을 알아보고 찾아온 것일까요? 갈색이 갈색으로 향하는 것이 필연이듯이 말입니다.

이 모든 의문과 놀라움으로 인해 귀하와 제가 숙명적으로 연결돼 있다는 생각을 지울 수가 없습니다. 이 말도 안 되는 생각에는 근거가 없지 않습니다. 귀하께선 이렇게 말하겠죠. 근거? 도대체 무슨 근거? 이제 귀하에게 또 다른 비밀 하나를 말씀드리겠습니다. 그것은 귀하가 특이하다고 말한 저의 이름에 관한 것입니다.

사실 저는 고아로 자랐습니다. 아버지는 어머니가 저를 임신했을 때 저희를 떠났고 어머니는 제가 태어나고 얼마 후 돌아가셨습니다. 어머니는 아래의 메모 혹은 편지 혹은 시를 남기셨습니다.

Our baby 우리 아이

Our boy 우리 아들

Then Brown 그렇다면 갈색

You must come back 당신은 돌아와야 해

I am sick I may die soon 나는 아파 곧 죽을 수도 있어

Our baby 우리 아이

Our boy 우리 아들

Then Brown 그렇다면 갈색

You must take care of him 당신이 그를 돌봐야 해

Our poor baby 우리 불쌍한 아이

Our poor boy 우리 불쌍한 아들

Then Brown 그렇다면 갈색

Don't stay far away from me 내게서 멀리 떨어져 있지 마

어머니가 남긴 메모 혹은 편지 혹은 시를 놓고 저를 맡아 키우게 된 삼촌과 숙모는 고심에 빠졌습니다. 특히 "*Then Brown 그렇다면 갈색*"이라는 구절이 문제였죠. 아래에 둘의 대화를 가상으로 구성해보았습니다.

숙모: *Is Brown boy's last name or father's first name?* 브라운이 아이의 성일까? 아니면 아버지의 이름일까?

삼촌: *Then Brown. Very tricky. Let's suppose she called the baby's full name. Brown is normal for a last name. But 'Then' is too strange for a*

256

first name. On the other hand, let's suppose she called the father's first name after 'Then'. Saying 'Then Brown' is normal for a conversation. But 'Brown' is too strange for a first name too. 덴 브라운(그렇다면 갈색)이라. 참 교묘하네. 그녀가 아이의 전체 이름을 불렀다고 가정해보자고. 브라운은 흔한 성이지. 하지만 '그렇다면'은 이름치고는 너무 이상해. 다른 한편, 그녀가 '그렇다면'이라고 말한 다음 아버지의 이름을 불렀다고 가정해보자고. '그렇다면 브라운'이라고 말하는 건 대화에서 흔한 일이지. 하지만 '갈색'도 이름치고 너무 이상하긴 마찬가지야.

숙모: *How do we decide his name?* 아이의 이름을 어떻게 정하지?

삼촌: *Ok, then. 'Then Brown' is his name.* 좋아, 그렇다면. '덴 브라운'을 아이 이름으로 하자고.

숙모: *Why 'Then Then Brown'?* 왜 '그렇다면 그렇다면 갈색'이야?

삼촌: *I said. Ok, then. (pause) 'Then Brown' is*

257

his name. 이렇게 말한 거야. 좋아, 그렇다면. (잠시 멈추고) '덴 브라운'을 아이 이름으로 하자고.

숙모: *Why 'Then Brown'?* 왜 '덴 브라운'이야?

삼촌: *In terms of probability, 'Then Brown' is the best name to keep both the will of the deceased and the blood of the father.* 확률적으로 말하면 '덴 브라운'이 고인의 유지와 아비의 혈통을 모두 간직하는 최적의 이름이야.

숙모: *I can't understand.* 난 이해가 안 돼.

삼촌: *To be honest, me neither.* 솔직히 말하면, 나도 마찬가지야.

이상이 저의 이름 덴 브라운, '그렇다면 갈색'이 탄생하게 된 유래입니다. 그런데 아십니까? 귀하의 이름 '브라운 지' 또한 특이한 이름입니다. 왜냐하면 브라운은 성으로는 흔하지만 이름치고는 너무 이상하기 때문입니다. '갈색 지'라니요.

사실 저는 귀하가 제 아버지가 아닐까 생각을 해보

았습니다. 저희 어머니가 '*Then Brown* 그렇다면 *갈색* '이라고 말했을 때 그 갈색이 바로 당신의 이름이라고, 당신이 쓴 불행의 메시지는 아버지가 버린 아들과 아들을 떠난 아버지 사이에 존재하는 어떤 비극적인 숙명의 고리를 따라 저, 덴 브라운에게 도착한 것이라고.

제 이야기를 듣고 경악스러워하는 귀하의 표정—비록 제가 귀하의 얼굴을 모르지만—이 저의 눈앞에 생생히 그려지는 것 같습니다. 하지만 염려 마십시오. 저는 그 생각에 오래 붙잡혀 있지 않았습니다. 귀하가 제 아버지가 아니라는 사실을 저는 잘 알고 있습니다. 저의 아버지는 백인입니다. 저는 한국인 어머니와 미국인 백인 남성 사이에 태어난 혼혈입니다.

저는 이 모든 이야기들을 귀하에게 전하고 싶었습니다. 귀하가 저에게 10년 동안 행운과 불행의 메시지들을 보내준 것처럼 저 또한 처음이자 마지막으로 귀하에게 특별한 메시지를 전하고 싶었습니다. 비록 그것이 고아로 쓸쓸하게 자라난 한 혼혈아의 덧없는 망상의 소치에 불과할지라도, 그 망상 속에서 저는 제 아버지와 마침내 재회했고 그 기이한 만남을 통해 제 맘에 쌓여 있던 분노와 원망은 깨끗이 사라져버렸다는 사실을 알려드리고 싶었습니다. 이 또한 귀하를 향한 제 깊은 감사의 마음에서 우러나온 것입니다.

AFOCOO를 떠나겠다는 귀하의 결정을 접하고 가슴이 아팠습니다. 저의 메일 한 통이 최악의 결과를 가져온 것이 아닌가 하는 자책감도 들었습니다. AFOCOO는 그동안 귀하 덕분에 '행운'에 관한 한 누구도 따를 수 없는 최고의 기업 이미지를 갖게 됐습니다. 그 점을 AFOCOO와 윙 대표이사 또한 잘 알고 있을 것입니다. 부디 협의를 통해 귀하와 AFOCOO 모두에게 바람직한 최선의 해결책을 찾기 바랍니다.

행운과 불행을 모두 담아,
덴 브라운

*

친애하는 미스터 브라운에게

그간 잘 지내셨는지요. 조사 결과가 나와 알려드립니다. 결과는 사뭇 충격적이었습니다. 귀하가 문의했던 그 기괴한 메시지는 놀랍게도 브라운 지가 직접 작성한 것이었습니다. 미스터 지의 컴퓨터를 검사한 결과 지난 50년 동안 그는 AFOCOO의 비전에 상반되는 글귀들을 작성해 유포해온 것으로 드러났습니다. 누적으로 보면 양이 꽤 되지만 글귀 백 개당 한 개꼴이었기 때문에 공정 과정에서 발각되지 않았던 것 같습니다. 물론 그냥 넘어갈 수는 없습니다. 불량품을 걸러내지 못한 것은 제품 관리 차원에서 매우 심각한 문제이기에 이에 대한 해결 조치가 곧 마련될 것입니다.

미스터 지는 조사가 시작되자마자 회사를 떠났습니다. 현재 그의 행방은 아무도 모릅니다. 연락도 두

절된 상태입니다. 다만 그의 책상 위에는 아래와 같은 메모가 놓여 있었습니다.

난 매일매일 행복을 떠벌리느라 불행해졌소.
아니 애초에 불행했기에 매일매일 행복을 떠벌린 것인지도.

AFOCOO는 미스터 지를 추적하거나 고소하지는 않기로 했습니다. 그동안 AFOCOO가 독창적이고 건실한 기업으로 성장하는 데 그가 끼친 절대적 공헌도――그것이 비록 기만으로 물든 것이었다 해도――를 고려했기 때문입니다. 또한 미스터 지의 일탈 행위에 대해 문의를 한 사람은 지금까지 단 한 명, 즉 미스터 브라운 귀하뿐이었고 그 의도 또한 불만 제기와는 거리가 멀었기에 AFOCOO가 실질적으로 입은 피해는 거의 없다고 법무팀은 판단했습니다.

그럼에도 불구하고 저와 법무팀은 AFOCOO의 고귀한 정신 한편에 묻어 있던 불결한 얼룩을 발견하는

데 있어 지대한 도움을 주신 점을 고려하여 귀하에게 사례금으로 1만 달러를 지급하기로 결정했습니다. 부디 이 결정을 존중하여 받아주시기 바랍니다.

행운을 오로지 행운만을 담아,
폴 윙

*

친애하는 윙 대표이사님에게

고민 끝에 돈을 받기로 했습니다. 미스터 지와 대표이사님의 오랜 우정이 깨진 것 같아 안타깝습니다. 귀사의 비전이 오래 지속되고 더 만개하기를 기대하겠습니다.

한 가지 궁금한 점이 있습니다. 오해를 불러일으킬까 염려되지만 용기를 내 여쭙겠습니다. 브라운 지는 물론 동양계이겠죠? 그가 쓴 글귀들의 특징,

귀하와의 오랜 관계, AFOCOO의 기업 성격, 그리고 무엇보다 그의 이름에 비추어볼 때, 그가 동양계라는 건 너무나 당연해 보입니다만.

존경을 담아,
덴 브라운

*

친애하는 미스터 브라운에게

왜 그런 질문을 하시는지 의아스럽군요. 귀하가 원하는 만큼의 답변을 드릴 수 없음을 이해해주시리라 믿습니다.

하지만 그의 특이한 이름에 대해서는 제가 간직해온 기억 하나가 있습니다. 망설임 끝에, '그 기억은 나의 것이기도 하다'라는 궁색한 핑계로, 귀하에게 말씀을 드리고자 합니다. 저에게는 이것이 저와 귀하

사이의 우정을 마무리하는 최선의 방식일지도 모르겠습니다.

사실 브라운 지는 그의 본명이 아닙니다. 오래전 어느 날 그는 저를 찾아와 이름을 '브라운 지'로 바꾸기로 결정했고 앞으로 그렇게 불러달라고 부탁했습니다. 제가 이유를 묻자 그는 다만 이렇게만 말했습니다.

브라운 지의 지는 '땅 지(地)'라네.

그러니까 브라운 지는 '갈색의 땅'이란 뜻입니다. 당시 저는 그가 왜 그런 이름을 지었는지 이해가 되지 않았습니다.

그런데 이제야 깨닫게 됐습니다. '갈색의 땅'은 그에게 딱 맞는 이름이라는 사실을.

허탈함을 담아,
폴 웡

리던던시

이 살픈 머을에 나 훈저 가하 모아 구롬우에 망실히 사녀리메. 저 높인 해롬우에 요살은 가루 뉘고 묘살은 세루 뉘요. 온 새랑이 서모 삵여 무를 아홈 닐째 머하먼 동념을 아지라지메. 뚜렁 서랑 꾸렁 마랑 휘휘 닮은 꽃달일제. 어뮈여, 우라 잠아에 꾸암만 옵고 만시나니 이 옾에 까막이 아이닐꼬나. 어뮈여, 우라 잠아에 꾸암만 옵고 만시나니 저 섶에 기럭이 아이닐꼬나. 고오면 가옵구 서오면 서롭다구 어모하모 거오룩지메. 아라리 던던시롬, 아라리 던던시랑, 저 니어어는 보자하굼 저 너어어믄 자자하굼. 살픈 달옴 우방지에 다슴마듬 모초록안 오도록히 설펴가메. 이러부낭 저러부낭 삼은 삼답헤 삼다지요. 이러부낭 저러부낭 검은 겁답헤 검다지요. 길세 옾 언덕지난 걔 실을 기리기리 달퍼가메. 한아리에 무유쁜 살믄 꾸암에 누고누벼 모덤 잘게 다훔 모덤 잘게 눈가마메. 어뮈여, 어뮈여, 훈저 사라가겐 훈저 주거가메. 완옥히 주거 아라리 던던시 온눈에 나라가메.

266

당나귀문학론

볼프강 에젤만
Wolfgang Eselmann

완벽하게 조화로운, 혹은 완전하게 파괴적인 자연상태에 대한 이론들이 있다. 소위 자연상태론들에 대해서는 그것들이 지니는 역사나 권위 탓에 세심하게 이모저모 따지는 논박이 필요할 것 같지만 사실은 그렇지도 않다. 루소의 긍정적 자연상태론이나 홉스의 부정적 자연상태론 모두 이러저러할 것이라 추정된 인간의 속성 중 하나를 관념적으로 일반화한 것이다.

하지만 생각해보라. 자아의 조화를 추구하는 무구한 태도가 타자의 끔찍한 파괴를 가져오는 것은 너무나 흔한 일이다. 역사적으로 일어났던 대량 학살이란 결국 둘 사이의 무한한 악순환에서 비롯된 것이었다. "호기심이

고양이를 죽였다"라는 메타포를 예로 들어보자. 이때 호
기심은 순진한 질문의 형태를 띠지만 실은 자신에게 유
리하고 만족스러운 답을 타자로부터 강요하는 것이다.
이 강요가, 때로는 고양이를 위한다는 명분하에, 고양이
를 구석으로 몰아붙이고 결국 그를 죽여버린다.

　이것은 단순히 경험적 차원에서의 이야기가 아니다.
지극히 논리적인 차원에서의 이야기이기도 하다. 자연상
태론은 "이것 또는 저것"의 논리만을 안다. 자연상태론은
"이것이자 저것", 즉 전부이자 전무인 상태, 조화이자 부
조화인 상태를 수용하지 않으며 또한 못 한다. 소위 불확
정의 상태, '또는'이 아니라 '그리고, 그리고, 그리고……'
의 상태를 자연상태론은 논리적으로 배제한다. 이 멍청
하고 비겁한 배제 행위는 많은 경우 아집과 폭력을 수반
한다.

　그런데 여기서 자연상태론의 논리를 혁파하면서, 그
혁파된 논리를 전유하면서, 당나귀가 등장하는 것이다.
자, 보아라. 당나귀가 나타난다. 인내의 상징으로. 또 보
아라. 춤추는 당나귀가 나타난다. 해방의 상징으로. 당나
귀는 가장 고통스럽지만 너무나 평온해 보일 정도로 꿋
꿋한 존재이다. 춤추는 당나귀는 가장 고통스럽지만 너
무나 행복해 보일 정도로 신명 나는 존재이다. 지배하는
자와 지배당하는 자 사이의 당나귀, 인간과 고양이 사이
의 당나귀, 제3자로서의 당나귀. 문학은 이 존재를 형상

화한다. 아니 이 존재가 문학을 요청한다. 그러니 이렇게 말할 수 있다. 문학을 창조한 이는 인간이 아니다. 문학을 창조한 이는 바로 당나귀다. 당나귀야말로 이것이자 저 것이자 이것도 저것도 아닌 무엇인 존재이다. 당나귀는 한 마리가 아니라 언제나 여러 마리이다.

그러므로 모든 문학은 본질적으로 당나귀문학이다. 문 학을 개성의 표현으로 생각하는 자들, 이른바 개성주의 자들의 오류가 여기에 있다. 참고로 말하면 개성주의자 들은 자연상태론자들의 가까운 친척이다. 둘 다 완벽한 조화와 완벽한 부조화를 찬양한다는 점에서. 둘 다 불확 정성을 견디지 못한다는 점에서. 하여간 개성주의자들은 당나귀에 관심을 가지지 않는다. 그들은 오로지 자기 자 신에만 관심이 있다. 혹은 반대로 자신보다 나약한 자들 에 과장스런 연민의 감정을 갖는다. 그들은 가끔 개성 있 는 당나귀를 묘사하려 애쓰지만 결국 자아의 소망을 투 영하려는 그들의 욕구는 여지없이 들통나버린다.

당나귀에 대해서 개성주의자들은 다음과 같은 태도를 보인다. 당나귀를 우습게 여기며 제멋대로 부리다가 당 나귀가 자신이 원치 않는 방향으로 나아가면 고삐를 틀 어쥐고 힘에 부쳐 질질 끌려가다 결국 손에서 놓치고서 는 미친 당나귀라며 뒤에서 투덜거리는 격이다. 그렇게 투덜거릴 때에도 그들은 주변을 둘러보며 자신들이 남 의 눈에 어떻게 비칠까 전전긍긍 신경 쓴다. 그렇다. 개성주의자들에게 문학은 결국 우아하게 투덜대는 것에 불과하다.

반면에 당나귀문학의 영웅, 우리의 위대한 당나귀는 꿋꿋이 인내하고 신나게 춤추면서 진실을 향해 나아간다. 물론 당나귀는 진실을 의식하고 진실을 향해 나아가지 않는다. 당나귀는 누구도 가지 않는 길을 누구도 가지 않는 방식으로 가기 때문에 진실을 향해 가는 것이다. 여기서 누구도 가지 않는 길을 누구도 가지 않는 방식으로 간다는 말은 뭔가 대단한 것을 의미하지 않는다. 그저 계속계속 나아간다는 것이다. 달리 말하면 당나귀는 태생적으로 예외적인 존재라서가 아니라 끝까지 온몸으로 나아가기 때문에 진실을 향하게끔 되어 있는 것이다.

여기서 진실이란 무엇을 의미하는가? 나는 그것이 무엇인지 알지 못한다. 내가 아는 것은 모든 죽은 당나귀들이 살아 있을 때 추구했고 모든 산 당나귀들이 죽을 때까지 추구하는 그 무언가의 이름이 진실이라는 점이다. 만약 그것이 진실이 아니라면 도대체 무엇이겠는가? 이 지난한 추구의 끝에, 저 다다를 수 없는 지평선 너머에 당근이나 오이 하나가 달랑 있더라도 나는 그것을 진실이라 이름 붙이지 않을 수 없는 것이다.

마지막으로 한마디 덧붙이고자 한다. 진실과 행복을 의지하는 인간은 자신의 짐을 당나귀 등 위에 싣고 당나귀를 순순히 따라가야 한다. 당나귀를 자신이 원하는 방향으로 가도록 조종하지 말아야 한다. 그럴 일은 없겠지만 만에 하나 당나귀가 지치면 인간은 자신의 짐을 스스로 짊어지고 심지어 당나귀를 등에 태우고서라도 당나귀가 고갯짓으로 지시하는 쪽으로 나아가야 한다. 지금까지의 믿음을 뒤집어야 한다. 인간이 아니라 당나귀가 전위이자 주인이다. 명심하라. 당나귀가 앞에 있고 인간은 뒤에 있다. 당나귀 앞에는 무한이 펼쳐 있고 인간 뒤에는 근사하게 뒤얽힌 두 동물의 발자국들이 길게 나 있다. ▨